CALENDAR GIRL

Octobre

Audrey Carlan vit en Californie avec ses deux fils et l'amour de sa vie. Quand elle n'est pas en train d'écrire, elle fait du yoga, boit des verres avec ses amies de cœur ou est plongée dans un livre.

Paru au Livre de Poche :

CALENDAR GIRL

1. Janvier
2. Février
3. Mars
4. Avril
5. Mai
6. Juin
7. Juillet
8. Août
9. Septembre

AUDREY CARLAN

Calendar Girl

Octobre

ROMAN TRADUIT DE L'ANGLAIS (ÉTATS-UNIS)
PAR ROBYN STELLA BLIGH

HUGO ET COMPAGNIE

Titre original :
CALENDAR GIRL – OCTOBER

À Drue Hoffman

La route a été longue, mais heureusement,
tu m'as fait part de tes conseils dès le début,
au moment où j'en avais le plus besoin.
Merci de m'avoir offert ton savoir,
ton soutien et ton amitié.
J'espère que tu apprécieras ce mois
et la version Drew Hoffman masculine.

ISBN : 978-2-253-07039-9 – 1re publication LGF

Chapitre premier

Un silence pesant m'accueille lorsque je passe la porte de la maison de Wes. Ma maison. Je ne sais pas à quoi je m'attendais. J'espérais sans doute que, pour une fois, la vie se montrerait clémente avec moi, qu'elle me rendrait mon homme et que celui-ci m'attendrait dans notre nid douillet. Car c'est bien notre nid, Wes a insisté pour que je change ma façon de voir « le manoir de Malibu », comme dit Gin. Le seul choix qu'il m'a laissé est que nous trouvions une nouvelle maison ensemble. Or je n'en ai pas envie, je préfère vivre dans un endroit qui lui ressemble.

Wes a travaillé dur pour obtenir tout ce qu'il a. Il a beau être jeune, il n'est ni vantard ni avare et la décoration modeste de sa maison en dit long sur sa personne. Je traverse lentement les pièces sombres et sans vie, et je sens que quelque chose a changé. Lorsque j'inspecte les bibelots de plus près, je note les différences avec la dernière fois que j'étais là, il y a deux mois.

Je trouve sur la cheminée en marbre une petite sculpture de danseuse étoile, sa longue jambe courbée en arrière et au-dessus de sa tête. Érigée sur une pointe, elle tient sa cheville dans ses mains. Cette statuette appartenait à ma mère. Je me souviens qu'elle se mettait sur la pointe du pied et se cambrait en arrière pour me montrer comment faire ce pas. Elle était danseuse à Las Vegas, mais elle avait commencé sa carrière comme danseuse classique et contemporaine. J'adorais la regarder valser. Lorsqu'elle faisait le ménage, elle tourbillonnait sur une musique qu'elle seule pouvait entendre. Ses longs cheveux noirs tombaient sur sa taille et volaient autour d'elle comme une cape. Du haut de mes cinq ans, ma mère était la plus belle femme de la terre et je l'aimais comme personne. Cet amour s'est éteint depuis longtemps, mais j'ai gardé cette statuette. Aujourd'hui, elle a trouvé une place sur la cheminée et même si j'ai envie de la voir voler en éclats sur le parquet, je n'en fais rien. Si je n'y tenais pas, je l'aurais donnée au Secours Populaire depuis longtemps. Parfois, les plus beaux souvenirs sont les plus douloureux.

Je me retourne pour étudier le reste de la pièce. Sur le guéridon à côté d'un canapé, je découvre un cadre avec une photo de Maddy. Je l'ai prise la veille de sa première rentrée à la fac. Elle m'avait montré les salles qu'elle allait fréquenter et les bibliographies qu'elle devait parcourir, et je l'avais suivie comme un chiot égaré. Ma petite sœur, elle, me guidait par la main en sautillant joyeusement, balançant nos bras d'avant en arrière. Son bonheur était exubérant et je m'en étais délectée, consciente que ma puce, mon bébé, allait accomplir des choses incroyables. J'étais on ne peut plus fière d'elle. Rien ne l'arrêterait ou ne l'empêcherait de réussir.

J'arrive dans la cuisine et je trouve un collage de photos sur le frigo, tenu par des magnets. Il y a celles que j'avais accrochées dans mon ancien appartement, Maddy, Ginelle et papa, mais il y en a des nouvelles, aussi. De Wes et moi. Une qu'un serveur a prise de nous lors d'un dîner, et un selfie que nous avons pris au lit, sur lequel on ne voit que nos visages.

Je promène mon doigt sur le sourire de Wes, ce sourire confiant et sexy, alors qu'il me tient contre lui dans son lit. Ma poitrine se contracte et je la masse pour dissiper la douleur. Bientôt. Il va bientôt rentrer à la maison. Je ne peux pas douter, je dois faire confiance à la vie. J'ai plus que jamais besoin de croire à cette phrase qui est devenue mon mantra.

Je continue jusqu'à notre chambre et m'arrête net sur le seuil, les yeux et la bouche grands ouverts, face à mon reflet. Face à moi.

C'est le portrait qu'Alec a peint de moi en février et qui me montre sur le balcon du Space Needle de Seattle, lorsque j'admirais le panorama de la ville. Ce jour-là, je m'étais sentie libérée du fardeau que mon père m'avait confié sans le vouloir, de la pression de devenir quelqu'un d'autre tous les mois, selon le désir de mes clients. Tout cela avait disparu et je n'étais plus que Mia, une jeune femme face à la beauté qui s'étendait devant elle.

Je n'arrive pas à croire que Weston ait acheté le portrait de moi le plus cher. Peu à peu, par bribes, j'ai fini par lui avouer ce qui s'était passé entre Alec et moi, pas en détail bien sûr, mais je voulais qu'il comprenne comment chaque œuvre m'avait transformée et m'avait permis de voir plus clairement la vie, l'amour, et qui j'étais réellement. Nous étions au lit, nus dans les bras l'un de l'autre, quand je lui ai dit combien j'étais reconnaissante envers Alec pour cet apprentissage et combien j'étais gênée d'avoir été payée.

Je sors mon téléphone et cherche son nom dans mes contacts.

— *Ma jolie*[1], à quoi je dois l'immense plaisir d'entendre ta voix ? répond mon Frenchie avec une sensualité qui me rappelle tous les bons moments que j'ai passés avec lui, sous lui.

Je m'assieds en tailleur sur le lit, les yeux rivés sur le tableau.

— Je… euh… je n'arrive pas à croire…

Au lieu de finir ma phrase, je prends en photo le tableau pour la lui envoyer. J'entends le message arriver de son côté.

— Mia, parle-moi, tu vas bien ? s'inquiète-t-il.

Ma voix est tremblante et ma gorge nouée quand je regarde en détail la beauté suspendue au-dessus du lit de Wes, de mon lit avec Wes.

— Regarde tes messages.

— Je n'aime pas beaucoup ce genre d'appel, *chérie*.

— Fais-le, bon sang.

J'entends des clics à l'autre bout du fil.

— Ah, *mais oui*, tu te vois, *c'est ça* ?

---

1. Tous les mots en italique dans ce dialogue avec Alec sont en français dans le texte.

Si seulement je pouvais plonger mes mains dans le téléphone pour l'étrangler…

— Tu ne comprends pas, Alec. Pourquoi je me vois dans la chambre de mon copain ?

Alec pousse un petit cri.

— *Ma jolie*, tu as un *petit ami* ? Un boyfriend ? roucoule-t-il d'une voix qui me fait presque oublier combien il m'agace. Tu t'es engagée auprès de quelqu'un ? *Félicitations !*

— Alec, concentre-toi, tu veux ?

— Oh, *chérie*, je suis toujours concentré quand il s'agit de toi. Surtout quand tu es nue. Je me souviens de la sensation de ta peau sur la mienne comme si c'était hier. Toi aussi, *oui ?*

— Alec, je ne t'ai pas appelé pour ressasser le bon vieux temps. J'exige des réponses. Comment ce tableau a-t-il atterri ici dans ma chambre ?

— Tu es si impatiente, soupire-t-il. Peut-être que c'était censé être une surprise de la part de ton amant ?

— C'est Wes qui l'a acheté ?

— Pas tout à fait.

Je me crispe et grince des dents, essayant de rester calme.

— Ce n'est pas le moment d'être évasif ! Crache le morceau, Frenchie.

— Je ne crache jamais ! s'offusque-t-il. C'est une habitude dégoûtante.

Je lève les yeux au ciel et me laisse tomber en arrière sur le lit.

— Alec…

— Ton amant n'a pas acheté ce tableau, explique-t-il enfin.

— Alors, comment a-t-il atterri ici ?

Il semble impossible d'obtenir des informations de la part de mon Frenchie quand il n'a pas envie d'en donner.

— *Ma jolie*, soupire-t-il. Je vais être honnête avec toi, *oui ?*

— *Oui, merci* ! je grogne.

— Ton amant a appelé mon agent car il voulait acheter *Adieu Amour*. Mais j'ai refusé de le vendre.

Tiens donc, il refusait de vendre une toile alors qu'il l'a créée spécifiquement pour la partager avec le monde ?

— Pourquoi ? Je ne comprends pas.

— C'est comme ça. Je t'aime et je voulais m'assurer que ta beauté serait appréciée par les bonnes personnes. J'avais des règles pour chaque toile, et il y en a deux dont je n'arrivais pas à me séparer.

— Lesquelles ?

Il baisse d'un ton et pousse un grognement viril et sexy.

— J'aime nous voir faire l'amour, alors j'ai accroché *Notre Amour* dans ma villa, en France. *Je ne pouvais pas m'en séparer*, dit-il.

Mon français est rouillé, mais je crois qu'il répète qu'il n'a pas voulu vendre cette toile.

— Alec, c'est insensé, le but de l'exposition était de partager ton art !

— Ah, mais je veux qu'il soit vu par les bons yeux. Chaque tableau a été vendu à des individus qui ont été approuvés et à qui j'ai parlé personnellement.

Je secoue la tête, confuse. Je suis face à un magnifique portrait de moi en parlant au téléphone avec Alec, et je suis toujours sans Wes.

J'essaie de ne pas devenir folle, mais c'est de plus en plus dur.

— Et ce tableau ? Comment est-il arrivé ici ?

— J'ai parlé à ton Weston. Il m'a dit qui il était, il m'a expliqué qu'il était au courant de notre relation. Je m'attendais à du grabuge, mais il s'est comporté en parfait gentleman. Il a dit qu'il avait vu des photos de l'exposition sur Internet et qu'il voulait acheter mes œuvres.

— Comment ça ? Toutes ?

— *Oui*, répond Alec, comme si c'était parfaitement normal.

Moi, je trouve parfaitement anormal que mon surfeur veuille dépenser des millions de dollars pour des tableaux… de moi ! À son retour, il va falloir que nous parlions de sa façon de gérer son argent. Pourvu qu'il revienne.

Je me lève et parcours rapidement la maison, mais je ne vois pas d'autres images de moi.

— Alors ?

— Je lui ai répondu non, explique Alec. Je lui ai dit qu'il ne pouvait avoir *qu'une seule* œuvre, et que s'il choisissait bien, il l'aurait.

Waouh. Alec est vraiment bizarre. Il est complexe, étrange, aimant, démonstratif, exigeant, superbe au lit, mais complètement bizarre. Cela dit, est-ce que tous les artistes ne le sont pas ?

— Et ?

— Il a bien choisi. Il a choisi le tableau de toi.

La façon dont il dit cela me donne des frissons et je croise les bras autour de moi puisque personne n'est là pour le faire.

— Tous les tableaux sont de moi, Alec.

— *Non*. Les autres représentent des moments dans ta vie, des émotions que tu as accepté de montrer pour mon art. Cette image-là est la seule à montrer qui tu es aujourd'hui, et il la voulait, alors je l'ai laissé t'emporter.

— Comment ça ?

— Considère ça comme un cadeau pour toi et lui. Pour votre amour.

— Tu lui as donné un tableau à deux cent cinquante mille dollars ?

— En fait, celui-là en vaut cinq cent mille.

— Bon sang !

— Mia, *je t'aime*. J'avais prévu de te donner la moitié de son prix de vente, de toute façon. De cette manière, tu as un magnifique souvenir de qui tu es. Je suis content qu'il l'ait suspendu au-dessus de votre lit. Je n'aurais pas choisi de plus bel endroit.

Je renifle, parce que les larmes me montent aux yeux.

— Je t'aime aussi, tu sais. À notre manière.

— *Oui*, je sais, *ma jolie*.

Il raccroche en choisissant ses mots.

— Adieu, Amour.

J'espère que ce n'est pas la dernière fois que je parle à mon Frenchie. Même s'il semble nous avoir donné sa bénédiction, j'aimerais qu'il reste dans ma vie. Il fait partie de mon voyage et je l'aimerai jusqu'au dernier jour. C'est simplement que j'aime Wes davantage, je suis amoureuse de lui. Et j'ai besoin qu'il rentre à la maison.

*

La nuit est plus fraîche qu'en août. Cela dit, il y a des semaines que j'ai froid. Je lève la tête vers les étoiles et me demande si Wes les voit où il est. J'ai beau m'être promis de le laisser me contacter, je sors mon téléphone pour l'appeler. Je tombe directement sur sa messagerie et je m'efforce de respirer calmement et de ne pas paniquer. Il doit dormir, tout simplement. Il a été recousu au niveau de la gorge. Détends-toi, Mia. Tu lui as parlé hier !

— Salut… euh… c'est moi. Je voulais juste entendre ta voix. Je suis à la maison, à Malibu, je dis en regardant l'océan. La maison est silencieuse, je ne sais pas où est Judi.

Les vagues s'écrasent sur le sable et le vent se lève, me glaçant encore plus.

— Je trouve génial que tu aies défait mon carton. Peut-être que c'est Judi, mais j'espère que c'est toi qui l'as fait parce que tu voulais fusionner nos vies. Bon sang, Wes, tu me manques tellement. Je ne veux pas dormir seule dans notre lit.

J'ai beau les repousser, quelques larmes coulent sur mes joues. Je ne sais comment lui dire combien il me manque, combien j'ai besoin de lui, que je ne peux pas être heureuse sans lui.

— Ne m'oublie pas, je chuchote avant de raccrocher.

Pour nous, ces paroles en disent autant que de nous dire que nous nous aimons. Je regarde le ciel une fois de plus, puis j'emprunte le couloir jusqu'à mon ancienne chambre. Je ne peux pas dormir dans notre lit sans lui.

*

Je me sens infiniment légère, comme si je ne pesais rien entre ses deux bras musclés. Je me blottis plus près de la chaleur et respire son parfum familier. Les seules nuits où je dors bien sont quand je rêve de lui. Au lieu de lutter, ce soir, je m'autorise à y succomber. Je profite de l'avoir là, avec moi, et je laisse ma joie pénétrer mes os et s'enrouler autour de mon cœur. J'imagine Wes me mettre au lit. Dans notre lit. L'oreiller porte son odeur d'océan et ce parfum sucré qui l'accompagne toujours.

— Tu me manques… je chuchote alors qu'une larme m'échappe.

Quelque chose d'infiniment doux caresse ma joue.

— Je suis là, avec toi, chuchote-t-il dans mon oreille.

Mes rêves sont à la fois les plus beaux et les plus cruels. Ils m'offrent tout ce que je désire et me l'arrachent à l'aube.

J'ouvre les yeux, épuisée, et crois distinguer une silhouette. Sa silhouette.

— Ne me laisse pas. Reste.

Je cligne des yeux alors que mes paupières sont lourdes. La fenêtre est entrouverte, laissant entrer la brise. Je m'enfonce davantage sous la couette et la tire jusqu'au menton. Un bras entoure ma taille et je savoure mon rêve, profitant d'être dans ses bras, de sentir son souffle sur mon cou.

Il se plaque contre mon dos et je recule contre mon Wes imaginaire, faisant mine de ne pas savoir qu'il n'est là que pour une nuit et pour que je dorme paisiblement. Tout semble réel, sa façon de me tenir, de sentir mes cheveux, d'effleurer mon cou et mon épaule du bout du nez. Je saisis sa main et passe son bras entre mes seins, puis j'embrasse ses phalanges et respire son odeur. Je veux tant m'imprégner de lui que lorsque je me réveillerai demain, je porterai encore sa marque. Son souffle chatouille mes cheveux près de mon oreille. Mes larmes coulent et je ferme les yeux pour empêcher ce mirage de disparaître. Au bout de quelques minutes, sa chaleur et la tranquillité qui m'envahit étouffent ma peine et mon angoisse.

J'entends sa voix dans les méandres de mon inconscient.

— Dors, ma chérie. Je suis là. Je ne te laisserai plus jamais partir.

— Tant mieux, je marmonne en le serrant plus fort, prête à me laisser emporter par le marchand de sable.

Chaque partie du corps de Wes me touche d'une façon ou d'une autre, comme il le ferait s'il était là, et je soupire avant de me laisser engloutir.

— Je ne t'ai pas oubliée, Mia, dit sa voix lointaine. Chaque jour, tu étais là, avec moi. Si j'ai survécu, c'est grâce au souvenir de toi.

Chapitre 2

Mon sang bout dans mes veines et un poids m'écrase dans le matelas. J'essaie de remuer les jambes et réalise qu'elles sont bloquées. Une cuisse poilue immobilise les miennes. Attendez. Quoi ? J'émerge enfin et me crispe des pieds à la tête. Mon cœur se met à battre la chamade, frappant si fort dans ma poitrine que je crains de réveiller la personne derrière moi, car il y a bien quelqu'un dans mon lit. Ma peau devient moite, une vague d'angoisse s'empare de moi.

Lentement, très lentement, je bouge mes membres quasi paralysés par la peur et je me prépare à frapper. Je serre les poings et je m'apprête à rouler sur le côté, comme on me l'a appris au CP en cas d'incendie. Je répète l'enchaînement dans ma tête. Frappe, roule, cours.

Un grognement masculin résonne dans mon dos et deux bras me serrent plus fort.

— Je t'entends penser, murmure une voix rauque.

Je suis sur le point de frapper et de courir aussi vite que possible lorsque mon cerveau reconnaît la voix. Une sensation nouvelle s'empare alors de moi et ma peau se couvre de chair de poule. Des larmes brûlent mes yeux et je bouge la tête. La pression sur mes cuisses s'allège suffisamment pour que je puisse me retourner, et je me retrouve soudain face à celui que je voulais voir plus que tout au monde.

Wes.

Mes larmes coulent déjà, il pose une main sur ma joue.

— Je t'ai manqué ? demande-t-il en souriant.

J'en perds la tête. Aussi rapide qu'un Ninja, je pousse sur le dos et m'installe au-dessus de lui. Une partie très impressionnante de son corps semble ravie de me dire bonjour, mais je m'en occuperai plus tard. Je dépose des baisers sur chaque centimètre de son visage, son front, ses joues, son menton et sa barbe qui me chatouille. Je prends néanmoins soin d'éviter son cou recouvert d'un pansement.

Mon Dieu, je n'arrive pas à croire qu'il est là en chair et en os.

Je pose enfin mes lèvres sur les siennes, et il ouvre la bouche. Sa langue est chaude, mouillée, et je réalise combien elle m'a manqué pendant deux mois. Je prends son visage dans mes mains et nos langues commencent leur danse. Ses mains caressent mon dos et il avance une cuisse dans mon entrejambe, m'apaisant autant qu'il m'excite.

— Besoin d'être en toi, Mia. Répare-moi, grogne-t-il en reculant brièvement le visage.

Sans rompre notre baiser, je me dresse sur mes genoux pour me débarrasser de ma culotte. Ensuite, je me débats avec son boxer et le baisse le long de ses jambes, finissant de l'enlever avec mes pieds. Sa verge est longue, épaisse et dure comme du fer, prête à rentrer à la maison.

Je n'ai pas besoin de préliminaires, de caresses ni de paroles coquines. Il ne s'agit pas de faire l'amour ni de baiser. Il s'agit de reprendre possession l'un de l'autre. C'est animal et passionné.

Je me soulève de nouveau, étale son liquide préséminal sur son gland et grogne, salivant à l'idée de le prendre dans ma bouche. Or, j'ai surtout besoin de cette connexion intense et charnelle. Je m'assieds brusquement sur lui et crie lorsque sa queue épaisse perce mes entrailles. Mon souffle est coupé tandis que ma chatte se contracte et pulse autour de son érection. Je tombe en avant et pose ma main à plat sur son cœur, plongeant mon regard dans ses grands yeux verts.

— Wes, tu es bien réel.

— Et toi, tu es la plus belle chose que j'aie jamais vue, soupire-t-il avec un regard lourd de sous-entendus.

Ses yeux me disent combien je lui ai manqué, combien il me désire et que c'est notre amour qui l'a ramené à la maison.

Il empoigne la chair de mes hanches assez fort pour y laisser des marques, mais je m'en contrefiche, ça me prouve qu'il est bien là. Jamais je ne le laisserai repartir. Il saisit ensuite mon débardeur et le passe au-dessus de ma tête. J'avance et recule le bassin et il retient sa respiration avant d'expirer, laissant l'air siffler entre ses dents, puis il ferme les yeux.

— Ne ferme pas les yeux ! je dis d'une voix tremblante.

Il se lèche les lèvres et me soulève de sorte que sa verge soit à peine en moi, puis je me laisse retomber sur lui. Nous retenons nos souffles et mon sexe se contracte alors que le sien gonfle en moi.

— Pourquoi, Bébé ? demande-t-il, soulevant ses hanches pour atteindre avec sa queue ce point qui me fait perdre la tête.

Je caresse son visage, effleurant chacun de ses traits, m'assurant qu'il est bien réel.

Lorsque j'atteins ses lèvres, il suce et mordille mes doigts, embrasant encore le sang qui coule dans mes veines. Je bouge d'avant en arrière, de haut en bas, Wes me laisse décider du rythme.

— Pourquoi ? répète-t-il en jouant avec mes tétons.

Je m'appuie sur son torse pour me soulever et me rabattre sur lui, frottant mon clitoris sur l'os de son bassin.

— Putain, chérie, tu vas me faire jouir.

— C'est le but, je rétorque pour ne pas répondre à sa question.

Toutefois, Wes n'est pas dupe et il bloque mon bassin alors que je suis assise sur lui, m'empêchant de bouger. Je suis immobilisée par son membre viril et je gémis, émerveillée d'être si remplie, attristée de ne plus pouvoir le chevaucher jusqu'à l'orgasme.

— Dis-moi.

Je lève les yeux au ciel et libère la tension qui m'accable depuis des semaines.

— Bébé, dans mes rêves, tes yeux sont toujours fermés, je réponds simplement.

Ma réponse est vague, pour masquer la vérité.

— Tu rêvais beaucoup de moi ?

Sa question me surprend et décuple la peur qui m'envahit, celle de me réveiller seule, le cœur brisé. Je ne réponds pas tout de suite, mais il remue son sexe en moi pour y dessiner un cercle, faisant pulser mon clitoris.

— Alors, chérie ?

Je hoche la tête et me mords la lèvre, savourant ses mouvements. Jamais plus je ne le laisserai me quitter, point barre.

— Tu as joui en pensant à moi ? il demande alors que ses pupilles s'assombrissent et se dilatent.

Je soupire et me détends quand il m'autorise à bouger le bassin, cherchant cette délicieuse libération.

J'inspire doucement et décide de lui répondre, même si j'ai honte. Il est rentré, et je ferais n'importe quoi pour lui.

— Parfois. En général, tu disparaissais et je me réveillais seule dans un lit qui n'était pas le mien.

Il empoigne ma taille et m'aide à me relever, puis il contrôle la vitesse à laquelle je redescends sur lui. Sa verge épaisse écarte ma chair sensible, déclenchant une nuée de frissons annonciateurs.

— Ne ferme pas les yeux, je répète.

— Je ne vais nulle part, Bébé.

Il se soulève et recule pour s'adosser à la tête de lit. Son pénis plonge encore plus profondément en moi et m'arrache un cri. Je laisse tomber ma tête en arrière et mes cheveux chatouillent mes fesses et ses cuisses. Une de ses mains emprisonne ma taille et l'autre se pose sur les creux de mes reins, remontant lentement, caressant mes omoplates avant de plonger dans mes cheveux et de les empoigner, m'obligeant à lever la tête jusqu'à ce que nous soyons face à face, yeux dans les yeux.

Il tire de nouveau mes cheveux et la douleur se transforme vite en plaisir. Je gémis, la bouche contre la sienne.

— Ça, ma chérie, ce qu'on a, toi et moi, c'est ce qui m'a aidé à survivre. Je te dois la vie.

Ses yeux se remplissent de larmes alors qu'il me dévisage intensément, comme s'il pouvait voir au plus profond de mon âme. Je secoue la tête et effleure ses lèvres avec les miennes.

— Non, Wes. C'est moi qui vis pour toi. Tu me permets de croire que je mérite mieux et, Bébé, mon mieux, c'est toi… tu es tout pour moi.

Chacun tient le visage de l'autre et nos bouches fusionnent de nouveau, prenant tout, donnant tout, s'aimant à la folie. L'amour que nous avions auparavant n'était rien comparé à ceci. Je sais que jamais je n'aimerai quelqu'un de tout mon corps et de toute mon âme comme j'aime Weston Channing.

Il recule la tête et effleure mon visage du bout des doigts. Il est toujours en moi mais ne bouge pas, comme s'il se contentait de ne former qu'un seul corps sans rechercher de plaisir.

— Bientôt, je t'épouserai.

Son souffle est chaud contre mon oreille et ses paroles embrasent mon sang. Je me contracte sur sa verge et lui arrache un grognement.

— Est-ce que c'est une demande ?

J'avance le bassin, lui rappelant que nous sommes connectés. Je soupire, me soulève sur les genoux jusqu'à ce qu'il se retire presque entièrement, puis je m'abaisse lentement.

Il soupire à son tour et joue avec mes tétons avant d'en prendre un dans la bouche. Je tiens sa tête contre ma poitrine, excitée à n'en plus finir. Il le suce fort avant de le libérer, couvert de salive, luisant dans la lumière du matin.

— Je ne te demande pas, parce que tu n'as pas la possibilité de dire non, dit-il avant de s'attaquer à l'autre téton.

— Ah bon ? je demande en dessinant un cercle avec mon bassin.

— Ce corps est à moi, grogne-t-il.

Des décharges de plaisir se propagent partout en moi et me font mouiller de plus belle lorsqu'il dépose des baisers jusque sur mon cœur.

— Ce cœur est à moi.

Il lèche ma peau avant de joindre les mains sur ma nuque.

— Cet amour est à nous, déclare-t-il en m'embrassant fougueusement.

Weston a raison. Cet amour est à nous. D'ailleurs, il passe l'heure qui suit à me montrer à quoi ressemble notre amour, me faisant perdre la tête encore et encore.

*

Wes s'endort après que nous avons fait l'amour, et je regarde sa poitrine se soulever lentement. Je ne pensais pas que le simple fait de regarder l'homme que j'aime dormir et respirer près de moi serait si apaisant. Il m'a fichu la trouille de ma vie lorsque je me suis réveillée dans ses bras. Je passe ma main dans ses cheveux, soulagée qu'il soit en sécurité à la maison. Bien sûr, il doit encore se remettre d'un grave traumatisme, mais au moins il est ici avec moi.

La porte de la chambre s'ouvre et Judi entre. Elle me voit, puis elle voit Wes. Elle pousse un cri et sa pile de serviettes propres se met à trembler dans ses bras. Je souris et son visage s'illumine alors que ses joues s'empourprent délicatement. Elle pose le linge sur la commode, puis elle tourne les talons et s'en va.

Je me lève sans faire de bruit et j'enfile le t-shirt de Wes, laissant son odeur m'envelopper. Je sors sur la pointe des pieds et vais dans la cuisine, où je trouve la nourrice de Wes en train de sortir diverses boîtes du placard.

— Judi ?

Je fais le tour du comptoir et elle s'immobilise. Tout à coup, elle court vers moi et m'écrase dans ses bras.

— Mon fiston est à la maison ! Dieu merci ! s'exclame-t-elle tout en pleurant et riant à la fois. On va pouvoir former une famille de nouveau.

Revoilà ce terme qui est devenu si important pour moi.

— Eh bien, si Wes a son mot à dire, il se peut que ça ne tarde pas, tu sais.

Elle recule sans lâcher mes bras et me dévisage en fronçant les sourcils.

— Comment ça ? Est-ce qu'il t'a demandé… ? demande-t-elle d'une voix tout excitée.

— Il ne m'a pas demandé de l'épouser, non.

— Ah ?

Je secoue la tête, prête à lui dire ce qu'elle veut tant entendre.

— Il m'a annoncé qu'il allait m'épouser.

Elle sourit jusqu'aux oreilles, folle de joie pour celui qu'elle a vu grandir.

— Je t'avais dit que quand Wes avait pris une décision, rien ne pouvait l'arrêter.

Elle se tourne et sort une poêle d'un placard ainsi que tout un tas d'ustensiles.

— Qu'est-ce que tu fais ?

Je regarde la pendule sur le mur, il est tout juste midi passé.

— Je vous prépare un petit déjeuner de bienvenue comme jamais vous n'en avez goûté, mon petit.

Bien évidemment ! Il n'y a que Judi pour montrer sa joie en préparant une assiette pleine d'amour et je mangerai tout jusqu'à la dernière miette. Mon estomac grogne déjà à l'idée d'un repas maison. Il faut dire que je n'ai pas vraiment mangé depuis que j'ai quitté le Texas il y a un mois.

Je me sers une tasse de café lorsque deux bras musclés saisissent ma taille.

— Hmmm, tu n'étais pas là quand je me suis réveillé. Je n'aime pas ça, dit-il d'une voix très sérieuse.

C'est étrange, venant de mon surfeur habituellement si détendu.

J'éclate de rire et je m'appuie contre lui, sentant quelque chose de râpeux sur ma tempe.

— Tiens, c'est nouveau ça, non ?

Avant, lorsque nous dormions dans le même lit, le premier à se réveiller laissait l'autre se reposer. C'était notre habitude. Apparemment, les choses ont changé.

— Ne pose pas de questions auxquelles tu ne veux pas de réponse, gronde-t-il sèchement.

Je suis certaine que le Wes détendu que j'ai connu est encore là, mais il semble être enfoui sous cette version si différente.

— Aïe ! je m'exclame lorsque quelque chose me pique sur la tempe.

Je lève une main et mes doigts rencontrent un tissu dur.

— Putain ! siffle-t-il en saisissant mes hanches.

Je me tourne pour évaluer les dégâts et je découvre un grand pansement blanc sur une partie de son cou, dont le centre se couvre de rouge.

— Mon Dieu, ta blessure ! Merde ! J'aurais dû faire plus attention.

C'est alors que je réalise tout ce qui a changé chez lui. Maintenant que mon besoin de me reconnecter avec lui est assouvi, je peux le regarder d'un œil critique. Son torse est traversé par plusieurs marques rouges et des bleus. Sur un de ses avant-bras, je vois des cloques qui ressemblent à des brûlures et je les étudie avec des doigts tremblants.

— Bébé… je chuchote d'une voix tremblante.

— Je vais bien. On est tous les deux à la maison, maintenant. On va pouvoir tourner la page, répond-il d'un ton plein de colère.

— Mais c'est faux, je dis en embrassant chaque blessure et chaque cicatrice que je rencontre. Pourquoi ta blessure par balle n'a-t-elle pas mieux guéri ?

— Elle s'est rouverte quelques jours après l'opération, il fallait plus de points de suture. Apparemment, il faut rester au lit tout le temps et éviter les mouvements brusques pour que la cicatrice ne se rouvre pas.

Il sourit et je fronce les sourcils. J'ai failli devenir folle quand il n'était pas là, je n'imagine même pas ce qu'il a dû ressentir. Wes a dû être un patient horrible.

Je poursuis l'inspection de son corps et je remarque que les cloques sur son bras gauche sont en fait des papules rouges couvertes de croûtes. Je me baisse pour les embrasser, mais il m'arrête et secoue la tête.

— Ne fais pas ça. Je ne veux pas que tu sois marquée par ce mal.

Sa mâchoire est contractée et ses yeux sont si noirs qu'on ne voit presque plus ses superbes iris verts. J'ignore sa mise en garde et je regarde de près une des marques. Il ferme les yeux et grince des dents.

— Tes yeux, Bébé, je lui rappelle.

Il sait que je ne me suis pas remise de son enlèvement, et le seul moyen d'y parvenir est de le faire ensemble. Il faut que nous ouvrions nos blessures pour nous en débarrasser et guérir.

Il plonge son regard dans le mien, et ses narines se dilatent. Sans le quitter des yeux, je pose mes lèvres sur une des brûlures de cigarette. J'avais vu un des gardes de Blaine infliger ce genre de punition à un type qui lui devait de l'argent. Les terroristes ont torturé sa délicieuse peau hâlée de sorte qu'il ne pourra jamais oublier où il était ni ce qu'il a subi. Je veux effacer ces souvenirs en les remplaçant par quelque chose de beau. Je fais donc la seule chose que je peux, j'embrasse chacune de ses marques pour reprendre possession de mon homme.

— Ce corps est à moi, je chuchote, lui rappelant ses propres paroles.

Je pose ensuite mes lèvres sur sa poitrine, au-dessus de son cœur. Il pousse un grognement, mais ne me quitte pas des yeux.

— Ce cœur est à moi.

Je me lèche les lèvres, monte sur la pointe des pieds, et je passe mes mains dans sa nuque en prenant soin de ne pas toucher son pansement.

— Cet amour est à nous, je conclus avant de l'embrasser langoureusement, profondément, déversant tout mon amour dans ce baiser.

— Vous allez vous bécoter toute la journée ou vous allez manger le festin que j'ai préparé ? dit Judi, de l'autre côté de la cuisine, interrompant ce qui promettait d'être une nouvelle partie de jambes en l'air.

Wes rit contre ma bouche, me serrant contre lui, tandis que son autre main palpe ma fesse.

— On a toute l'éternité, Bébé. Mangeons. Tu es trop maigre, je dis en sentant ses côtes lorsque je caresse son torse.

Il a perdu du poids, mais cela n'affecte pas la perfection de ses muscles ni ses abdos d'acier. Les creux de ses hanches sont plus prononcés, formant une flèche vers ce membre divin qui me fascine tant. Lorsque je caresse sa queue, je découvre qu'il est déjà dur.

— Après ?

Il saisit mon autre fesse et se frotte contre mon clitoris. Mon Dieu, il lui suffit de me toucher pour m'exciter.

— D'accord, ma belle, mais tu es à moi. Toute la journée, et toute la nuit.

Je ricane et relève mes cheveux en un chignon brouillon. Des mèches en retombent tandis que les yeux de Wes remontent lentement le long de mes jambes nues puis de ma poitrine, où son t-shirt est étiré sur mes seins sans soutien-gorge. Il me dévore des yeux et je me retrouve à serrer les cuisses, cherchant à libérer la pression qui s'y accumule. Je lui lance un clin d'œil.

— Espèce d'obsédé !

— Chérie, tu n'as pas idée, chuchote-t-il dans mon oreille. J'ai survécu grâce à une seule pensée, celle de ton corps, de tes lèvres roses sur ma queue et de ta chatte chaude et humide. Je suis plus obsédé que jamais par ton cul. J'en ai besoin.

J'ai besoin de toi. Toujours.

— On pourrait peut-être sauter le petit dej ? je susurre en me collant à lui, déjà mouillée et prête à le prendre en moi.

— C'est hors de question ! J'ai préparé un festin pour le retour de mon fiston. Venez ici, vous deux ! gronde Judi.

Wes et moi éclatons de rire, épuisés, heureux et plus excités que jamais.

— Très bien Judi, on va manger, ne t'en fais pas, répond Wes.

Je fais la moue, faisant mine de bouder lorsque je m'assieds à table, face à mon assiette pleine de bacon, d'œufs brouillés, de pancakes et de fruits frais. Je suis morte de faim pour la première fois depuis une éternité. Je regarde Wes gémir en dévorant ses pancakes frais et suis encore plus affamée. Je mange si vite que lorsque j'ai fini, je ne suis pas certaine de pouvoir me lever.

— Judi, tu t'es surpassée, déclare Wes en finissant sa dernière bouchée.

Il cligne des yeux, clairement épuisé. Il a traversé plus d'épreuves en un mois que la plupart des gens n'en connaîtront au cours de leur vie.

— Que dis-tu d'une douche ? je propose.

Il ouvre grand ses yeux verts qui ont la couleur de l'herbe fraîchement coupée. Il descend de son tabouret, prend ma main et m'aide à me lever.

— Après toi, ma chère.

— Tu veux juste mater mes fesses ! je réponds en riant et en me déhanchant, le précédant jusqu'à notre chambre.

— Absolument !

Chapitre 3

J'entre dans la cabine de douche et me mets sous le jet. Wes a un de ces pommeaux qui s'élève très haut et coule comme de la pluie, en plus de deux jets sur chaque mur. Je suppose que lorsqu'on est surfeur, les jets aident à soulager les courbatures après une matinée passée dans l'eau froide de l'océan Pacifique.

Wes entre dans la salle de bains, baisse son pantalon de pyjama et ouvre la porte vitrée. Je ne me prive pas de mater son corps. Il a enlevé le pansement sur son cou et je vois une ligne de points de suture s'étendant depuis la jugulaire jusqu'à la nuque. Je m'approche de lui, son érection appuie sur mon ventre. Je le sens se contracter des pieds à la tête, mais il me laisse inspecter sa blessure.

— Comment tu as survécu à ça ? je demande, consciente que la plupart des blessures au cou sont fatales.

— Gina, répond-il comme si c'était évident.

Je fronce les sourcils et réalise que je n'ai même pas demandé si elle était en vie.

— Elle s'en est sortie ?

Il hoche la tête et se crispe encore plus.

— Techniquement, oui.

C'est tout ce qu'il dit, et je ne lui en demande pas davantage. Wes est à la maison. Il me racontera ce qui s'est passé quand il sera prêt. Je ne suis pas experte, mais je sais qu'il peut être dangereux de forcer quelqu'un à parler. Je ne voudrais surtout pas qu'il prenne ses distances si j'insistais trop, je préfère l'étouffer avec un trop-plein d'amour, comme il l'a fait avec moi après ce qui m'est arrivé avec Aaron. Je l'interrogerai plus tard.

— Tant mieux.

Il déglutit et empoigne ma taille, me ramenant contre son torse.

— Quand ils m'ont tiré dessus, elle a agi très vite. Elle a couvert la plaie et elle a mis assez de pression dessus pour que je ne perde pas trop de sang. Quand les secours sont arrivés, j'ai été le premier dont ils se sont occupés.

— Ça fait mal ? je demande en effleurant la plaie.

— Oui. Chaque fois que je bouge ou que je déglutis.

Préférant changer de sujet pour continuer de fêter nos retrouvailles, je me penche et l'embrasse tout autour de sa plaie avant de descendre sur son torse.

— Et si je te faisais penser à autre chose ?

Il sourit, et son regard se remplit de désir. Il se lèche les lèvres et je regarde avec envie sa langue, mais une autre partie de son corps réclame toute mon attention. J'embrasse sa poitrine et trace un trait avec ma langue jusqu'à son nombril, puis je me mets à genoux. Wes saisit la serviette que j'ai suspendue sur la vitre et la pose par terre. L'eau noircit immédiatement le tissu beige et il hoche la tête quand je fronce les sourcils, confuse.

— Pour tes genoux. Je ne veux pas que tu aies mal.

Je souris et mets la serviette pliée sous mes genoux avant d'empoigner ses hanches. Je m'avance et effleure son bas-ventre avec ma bouche ouverte. Il appuie une main sur chaque mur tandis que j'empoigne la base de son sexe. Son érection pointe vers mon visage, effleurant ma lèvre inférieure. Sans le quitter des yeux, je mets un coup de langue sur son gland.

— Putain ! grogne-t-il en fermant les yeux.

— Ouvre les yeux, Wes, je le supplie d'un ton désespéré.

Il plonge une main dans mes cheveux et en saisit une poignée.

— Mia, ma chérie, je suis là. J'attends simplement que ma femme mette ses superbes lèvres sur ma queue et qu'elle me fasse tout oublier.

J'ai toujours adoré que Wes me parle crûment, ça m'excite. Des frissons parcourent mon corps depuis la pointe de mes doigts jusqu'à mon clitoris pulsant, et je me dépêche d'avaler sa grosse verge avant qu'il n'en dise plus.

— Jésus Marie Joseph, c'est tellement bon, grogne-t-il alors que je me retire en le léchant.

J'adore qu'il parle autant, je me sens puissante quand je sais que je donne autant de plaisir à mon homme. Je le lèche de chaque côté et le taquine. Une litanie de jurons et de soupirs lui échappe alors que je palpe ses testicules et les fais rouler dans ma main. Il continue de tirer sur mes cheveux, ce qu'il ne faisait pas avant. C'est presque comme s'il avait peur que je le laisse sur sa faim. Ou alors, peut-être qu'il veut simplement garder le contrôle.

Cependant, je le sens griffer ma nuque quand il avance et recule lentement dans ma bouche. Je lève la tête et je n'aime pas ce que je vois. Ses yeux sont ouverts, mais ils ne sont pas sur moi. Ils sont rivés sur le mur, perdus. Je recule, il empoigne plus fort mes cheveux, me forçant à reprendre son sexe dans la bouche.

Je ne suis pas certaine qu'il soit ici, dans notre maison des Malibu Hills, et encore moins dans la douche avec moi. Je secoue la tête et libère sa queue.

— Bébé, reviens-moi. Wes ! je crie quand il ne réagit pas.

Il sursaute et baisse la tête.

— Qu'est-ce qu'il y a ?

Il cligne plusieurs fois des yeux et caresse délicatement mon visage du bout des doigts. Voilà qui est mieux, cela ressemble bien plus à l'homme que j'aime.

— Garde les yeux sur moi. Je veux que tu me regardes t'aimer.

Il me sourit, et c'est une des plus belles choses que j'aie vues depuis qu'il est parti. Ce sourire me promet des promenades sur la plage, des sessions de surf dans l'océan, des dîners gastronomiques et des câlins amoureux. Mon mec est là, en vie, avec moi.

Je le prends de nouveau dans ma bouche et redouble d'efforts sans le quitter des yeux. Il caresse mon visage et retient son souffle en sifflant, pantelant et gémissant de plaisir.

— Bon sang, Mia, ta beauté me ravage. Je ne suis pas entier sans toi, dit-il quand je fredonne en le suçant. Tu vas me faire jouir. Arrête, je vais te prendre contre le mur de la douche, ordonne-t-il.

Ce n'est pas ce que je veux. Je l'ignore et le suce encore plus fort en râpant légèrement sa verge avec mes dents. Il avance lentement les hanches, une main sur le mur, l'autre sur mon visage, caressant mes lèvres étirées sur sa queue épaisse.

— Tu vas m'avaler, Bébé ?

Je hoche la tête et le prends profondément dans ma gorge en gémissant. Je sais qu'il n'est pas loin et que les vibrations de mes cordes vocales le feront chavirer.

— Putain, mon Dieu, Mia !

Il éjacule brusquement et ne me quitte pas des yeux en se déversant en moi, me laissant avaler chaque giclée de sa semence salée.

Lorsque le mouvement de ses hanches ralentit, je reste avec lui, laissant ma langue glisser sur sa verge ramollie, le léchant en l'embrassant, jusqu'à ce qu'il cesse enfin de bouger. Il passe ses mains sous mes aisselles et me soulève, me serrant contre lui pour m'embrasser lentement, langoureusement.

Nous nous embrassons jusqu'à ce que l'eau tiédisse et que son pénis durcisse de nouveau. Il plonge ses doigts entre mes jambes et gémit en constatant la facilité avec laquelle mon corps l'accueille. Mon entrejambe est trempé et ça n'a rien à voir avec la douche. Ce qui m'excite, c'est de l'avoir fait jouir, agenouillée devant lui, soumise à son plaisir. J'adore tailler des pipes, mais j'aime surtout avoir ce pouvoir sur un homme aussi fort.

— Viens. Il y a encore des parties de ton corps que je n'ai pas revues, dit-il en me sortant de la douche et en m'enveloppant dans une serviette épaisse.

— Ah oui ?

— Oui. Maintenant, allonge-toi sur le lit et écarte les cuisses. Je veux enfouir ma tête entre tes longues jambes et te regarder frémir quand je te fais jouir. Prépare-toi, Mia, parce qu'une fois ne va pas me suffire.

Son regard brûlant me toise alors que je laisse tomber ma serviette. Je m'allonge, écarte les jambes, et ses yeux deviennent noirs de désir. J'essaie de ne pas baver lorsqu'il fait tomber à son tour sa serviette, mais je suis déjà prête à le reprendre dans ma bouche alors que je viens de le sucer. Peut-être choisira-t-il un petit soixante-neuf pour qu'on puisse tous les deux se dévorer.

Il pose un genou sur le matelas, puis un autre, et rampe entre mes jambes. Il écarte les pétales de mon sexe et se baisse pour me lécher de bas en haut.

— Hmm. Tu sais ce que je vais te faire ce soir, Bébé ? demande-t-il d'une voix lourde de désir.

J'attends, pantelante. Son pouce fait le tour de mon clitoris et je soulève les hanches, cherchant plus de friction.

— Je vais jouer avec ta chatte mouillée jusqu'à ce que tu t'évanouisses. Ensuite, je vais me glisser en toi et m'endormir, la tête assez près de tes seins pour pouvoir les lécher. Ça te va, chérie ?

— Putain Wes… je chuchote.

— C'est parti, dit-il en frappant fort ma cuisse avant de plonger la tête entre mes jambes.

*

Des cris atroces rompent le calme d'un des plus beaux rêves de ma vie. Wes et moi étions sur une île tropicale, et notre seule occupation était de faire l'amour, à longueur de temps. C'était sexy, coquin, et une bonne idée de lune de miel, jusqu'à ce que les cris de l'homme allongé à côté de moi déchirent ce pays joyeux et me projettent tout droit en enfer.

Wes se tord dans tous les sens sous la couette, agitant la tête de gauche à droite, se cambrant au point de se décoller du matelas, sans jamais cesser de crier. Sa peau est couverte de sueur. J'essaie de le toucher, mais je l'ai à peine effleuré qu'il dégage ma main.

— Ne me touche pas, putain ! Lâchez-la ! hurle-t-il.

Bon sang, qu'est-ce qui se passe ? Je me lève et allume la lumière, mais ça ne le réveille pas. Il est encore dans les griffes de son cauchemar. J'ai lu quelque part qu'il ne faut pas toucher quelqu'un lorsqu'il s'agite dans son sommeil parce qu'il pourrait vous blesser. Ne sachant pas quoi faire, je saisis le verre d'eau sur ma table de chevet, je croise les doigts pour que tout se passe bien et je vide le verre sur mon homme. Il ouvre grand les yeux et s'assied dans le lit en frappant l'air autour de lui, les poings fermés, prêt à frapper. Je suis contente d'avoir lu cet article, sinon je serais déjà par terre avec un œil au beurre noir.

— Mia, Mia ! hurle-t-il en regardant autour de lui, hagard, perdu, désespéré.

Je me rapproche suffisamment pour qu'il me voie.

— Oh, Dieu merci, tu vas bien.

Il m'empoigne par les hanches, me jette sur le lit et monte sur moi. Les draps et la couette atterrissent par terre alors qu'il embrasse et mordille mon cou, puis mes épaules et mes seins. Il n'enlève pas ma nuisette Aubade, baissant seulement les bretelles pour révéler ma poitrine. Il prend un téton dans sa bouche, en même temps qu'il passe sa main entre mes jambes pour plonger deux doigts en moi. Je suis encore gonflée de nos dernières parties de jambes en l'air mais ça ne l'arrête pas. Il est perdu dans ses pensées et je suis son antidote.

Il baisse brusquement ma culotte et, moins d'une minute après l'avoir réveillé, je suis clouée au matelas par sa grosse verge. Il agit comme une machine, s'enfonçant en moi sans délicatesse, avec pour seul objectif d'oublier son cauchemar atroce.

— Je t'aime, je t'aime, je t'aime, chante-t-il en me pilonnant. Ne pars pas.

Je contracte mon sexe au moment où son bassin écrase mon clitoris. Des frissons de plaisir se fraient un passage douloureux dans mes veines. Je suis l'esclave du corps de cet homme, et il est mon maître. Ses yeux sont fermés et il mord sa lèvre inférieure en me baisant comme un animal. Il serre fort mes hanches, écrasant nos corps l'un contre l'autre. Il commence bientôt à parler rapidement, comme si je n'étais pas là pour l'entendre.

— Envie de toi.

— Besoin de toi.

— Reste.

— Ne pars pas.

— Je t'aime.

— Ma Mia.

Je passe mes bras dans son dos et entoure sa taille avec mes jambes, tenant mon homme aussi fort que possible, cherchant à le protéger comme je peux.

Ses allers-retours ralentissent et il ouvre les yeux.

— Mia, tu es là. Ma Mia, susurre-t-il d'une voix pleine d'adoration.

— Wes, je suis là, avec toi.

Je le serre encore plus fort pour qu'il sente la chaleur de ma peau et la force des membres qui l'entourent.

Des petites lignes se dessinent autour de ses yeux vitreux.

— Que ça parte. Il faut que ça parte, murmure-t-il d'un ton désespéré.

Je ferais n'importe quoi pour chasser ce dont il parle et remplacer le vide avec tout mon amour, ma lumière, et tout ce qui fait que nous sommes nous.

— Prends en moi ce dont tu as besoin, je chuchote en embrassant son front, ses tempes et tout ce que je peux atteindre.

Il accélère peu à peu ses va-et-vient et, bientôt, je ne peux plus rien faire que m'accrocher. Il passe les bras dans mon dos pour tenir mes épaules et créer un effet de levier qui lui donne une puissance incroyable. Il accélère encore le rythme et me perce si fort que j'en grince des dents. Cela dure longtemps et je ne peux qu'attendre. Vers la fin, lorsqu'il est sur le point de jouir, il plonge sa main entre nos deux corps et frotte mon clitoris avec son pouce jusqu'à ce que je jouisse aussi. Le besoin qu'a Wes de me satisfaire me rappelle que l'homme que j'aime est, pour l'instant, perdu. Et qu'avec mon aide, il reverra la lumière.

*

Les jours qui suivent se ressemblent. Wes me fait l'amour la journée, quand il est un peu plus lui-même, et il me baise la nuit, prenant dans mon corps ce dont il a besoin pour repousser les cauchemars et revenir à la maison.

Épuisée après qu'il m'a prise sauvagement pour la quatrième nuit d'affilée, je me tourne pour m'allonger sur sa poitrine. L'angoisse et la peur qui le contrôlaient quand je l'ai réveillé de son cauchemar et durant notre baise effrénée l'ont enfin quitté quand il a joui. Longtemps après, il me vénère avec de doux baisers et des paroles d'amour pleines de remords. Il regrette de m'utiliser à des fins égoïstes et il m'aime parce qu'il sait que je le laisserai recommencer jusqu'à ce qu'il soit libéré du mal qui vit en lui.

Je comprends combien ce qu'il a vécu est atroce et que le répit qu'il trouve dans mon corps ne suffit pas. Le monstre qui sévit dans sa tête et dans ses terreurs nocturnes doit être éliminé, comme j'ai dû me débarrasser du mien après l'agression d'Aaron. Je décide donc qu'il est temps de prendre le taureau par les cornes.

— Bébé, tu dois parler à quelqu'un de ces cauchemars et de ta façon de les affronter, je dis en l'embrassant sur le cœur.

— Tu es en colère parce que je me sers de ton corps ? Ce n'est pourtant pas mon intention, tu sais. Bon sang, Mia, je ne sais pas… Il n'y a que toi pour l'arrêter, dit-il en passant ses mains dans ses cheveux.

— Wes, ne t'en fais pas, j'adore être celle qui te donne ce dont tu as besoin pour guérir. Mais qu'est-ce que j'arrête, au juste ?

C'est la première fois que je lui pose la question depuis qu'il est rentré.

— Les souvenirs, dit-il en plongeant son regard dans le mien. Ils surgissent quand je dors, et je n'arrive pas à m'en débarrasser.

— Jusqu'à ce que je te distraie. C'est ça ? je dis en souriant jusqu'aux oreilles et en jouant des sourcils pour alléger la tension.

— Ouais, en gros, avoue-t-il en me regardant timidement.

Il soupire et caresse mon dos de bas en haut. Chaque nuit, après qu'il a utilisé mon corps, il semble ressentir le besoin de renouer avec moi sur un plan émotionnel et il passe un long moment à me chouchouter, je crois qu'il cherche à s'assurer que je vais bien.

— Est-ce que tu veux bien m'en parler ?

Je retiens ma respiration et essaie de lui montrer que je suis assez forte pour l'entendre.

— Chérie, je ne veux pas que tu aies ces images dans la tête, dit-il.

— Pourtant, je t'ai parlé d'Aaron.

Il est sur le point de dire que ce n'est pas pareil, mais je le devance.

— Je sais que ce sont des choses différentes, mais c'était traumatisant pour moi. Ça m'a fait beaucoup de mal et tu souffres beaucoup, Bébé. Pour former une équipe, on doit pouvoir supporter la douleur de l'autre. Je veux endosser un peu de ta souffrance pour qu'elle ne pèse plus autant sur toi. Si on est deux à porter le fardeau, il sera moins lourd. Commence par quelque chose de simple. Dis-moi ce qui s'est passé quand on t'a tiré dessus.

Wes ferme les yeux et déglutit. Il met tant de temps à les rouvrir que je finis par me demander s'il ne s'est pas endormi.

— On était enchaînés au mur, les bras au-dessus de la tête, attachés par des cordes. Je n'ai jamais été aussi ankylosé à force de ne pas bouger. Ils passaient des heures à nous mettre des coups de pied, à nous jeter des choses dessus ou à nous cracher à la figure. En gros, ils nous ont fait le pire que tu puisses imaginer. Ce jour-là, je savais qu'il se tramait quelque chose. Les terroristes ne faisaient plus de blagues, ils ne jouaient plus avec les jouets que nous étions. Ils étaient étranges et ils parlaient d'une voix sèche, comme s'ils avaient peur. Peut-être qu'ils savaient ce qui allait se passer. Tout à coup, on a entendu des tirs et des hélicoptères. Je ne savais pas quoi penser.

Il inspire profondément et je dégage une mèche de son front. Il ne parle pas pendant un moment et je crains qu'il ne veuille pas continuer. Je ne veux pas insister, mais je sais qu'il a besoin de parler.

— Qu'est-ce qui s'est passé, après ?

Il ouvre les yeux, révélant un regard sombre.

— Deux des hommes sont tombés à genoux et se sont mis à prier, morts de peur. Mais juste après, quand les tirs se sont rapprochés et que j'entendais des pas et des ordres criés en anglais, un des hommes a levé son arme et s'est mis une balle dans la tête. L'autre m'a regardé, dégoûté, et s'est mis à tirer dans tous les sens. Gina a poussé un cri quand ses bras sont retombés le long de son corps. Une des balles l'a touchée à la jambe, mais une autre a coupé la corde, libérant ses mains.

Le souffle de Wes semble se faire de plus en plus laborieux, alors je m'avance pour embrasser son torse, son cou, son front, son nez.

— Je suis là, Bébé. Continue. Raconte-moi la suite.

Il saisit ma nuque et me regarde dans les yeux.

— Le type a marché vers moi et a crié quelque chose. Il a pointé son arme sur ma tête et au moment où il a tiré, la porte a volé en éclats. Littéralement, elle a disparu dans un nuage de fumée. Un autre tir a retenti alors que l'homme regardait vers la porte, et son corps est tombé, un impact de balle entre les yeux.

Je le serre plus fort dans mes bras, secouée par ses tremblements, buvant ses paroles.

— Gina a roulé sur le côté et a utilisé un chiffon sale qui était par terre pour appuyer sur ma gorge tandis que les soldats américains sécurisaient la pièce. Ils gueulaient des ordres dans leur talkie-walkie, je crois. Je ne sais pas trop, j'ai perdu connaissance, mais je me souviens d'avoir été porté par l'un des soldats et mis dans l'hélicoptère. Je n'oublierai jamais le bruit assourdissant des explosions, des tirs, les cris et les pleurs. Mia, j'écris des films avec ce genre de scène, mais les effets spéciaux ne sont rien à côté de la réalité. Il n'y a aucun moyen de décrire la peur qui t'habite quand tu es prisonnier, comme ça. Même quand le militaire m'a porté, j'étais convaincu que j'allais mourir, que personne ne pouvait survivre à ce qui s'était passé. Et Gina… bon sang !

Ses yeux se remplissent de larmes.

— Mon Dieu, Bébé, tu n'imagines pas ce qu'ils lui ont fait, sanglote-t-il. Elle ne va jamais s'en remettre.

Ses larmes trempent ma peau tandis que je le serre fort contre moi. Il est assis et je le chevauche, mes jambes dans son dos, comme si j'étais sa couverture de survie. Je lui rappelle combien il est courageux et que tout ira bien, maintenant, que nous allons nous en sortir. Mais il continue de pleurer. Il est presque anéanti, mais je suis là pour l'en empêcher et je serai là pour le réparer, morceau par morceau.

Il finit par sombrer dans un sommeil agité, me tenant contre lui sans jamais desserrer son étreinte. Je suis son salut et, en fin de compte, cela ne me dérange pas.

Chapitre 4

— Arrête ça ! je m'exclame en gloussant dans le cou de Wes alors qu'il tripote mes fesses.

— Je ne peux pas, grogne-t-il en riant, sans lâcher ma fesse. Tu es délicieuse avec cette jupe. Bon sang, j'aurais dû t'emmener à plus de rendez-vous d'affaires, en janvier. Tu as un côté secrétaire cochonne qui te va à ravir, déclare-t-il en frottant son érection contre mes fesses.

J'ai choisi une jupe crayon noire, très simple, et une chemise en soie bleue. Judi m'a assuré que c'était très professionnel et que cela plairait aux directeurs de Century Productions. La seule chose qu'ils m'ont dite est de ne pas mettre de vert, car les murs sont de cette couleur et que je disparaîtrais dans le décor.

Il s'avère qu'en fin de compte l'émission ne va pas payer mon tarif d'escort comme je l'imaginais. Une boîte aussi célèbre ne peut pas risquer de verser de l'argent à Escorts Exquises. Millie a donc rédigé un contrat officiel dans lequel elle se déclare comme mon agent, et elle s'est assurée que je gagnerais cent mille dollars comme avant, pour que je puisse payer Blaine. Bien sûr, je vais désormais verser cet argent à mon frère, même s'il m'a regardée comme si j'étais folle quand j'ai proposé de le rembourser tous les mois. Peu importe ce qu'il dit, je lui rendrai son argent. Point barre.

J'avais rompu avec mon ancien agent quand j'avais commencé à travailler pour Escorts Exquises. Je n'en reviens pas que Millie ait aussi bien géré cette nouvelle affaire. Étant donné que mon dernier agent était incapable de me trouver des jobs bien payés ou intéressants pour ma carrière, je n'ai pas été triste de mettre fin à notre collaboration.

Je pose mes mains sur celles de Wes et m'autorise quelques secondes de bonheur, puis je me tourne, l'embrasse sur la bouche, et je recule. Il me regarde d'un air amusé, puis il se jette sur moi et me saisit par la taille.

— Eh, ce n'est pas juste ! Tu es beaucoup plus fort que moi ! je râle en frappant son torse.

— Va falloir t'y faire, rien ne m'empêchera de t'avoir. Tu ne l'as pas encore compris ?

Il sourit et dépose une série de baisers depuis ma clavicule jusqu'à mon oreille.

— Humm, murmure-t-il.

— Wes… je grogne en penchant la tête en arrière, frissonnant de plaisir.

Sa bouche me fait des choses si délicieuses que j'en deviens idiote. Apparemment, je perds l'usage de mon cerveau dès qu'il me touche.

— Bébé, il faut que j'y aille. C'est mon premier jour de travail.

Il lèche le lobe de mon oreille et palpe mes fesses.

— D'accord, d'accord, je sais que tu dois partir.

Je recule le visage et l'embrasse sur la bouche.

— Qu'est-ce que tu vas faire aujourd'hui ? je demande en cachant mon inquiétude derrière un sourire timide.

Il hausse les épaules et écarte les bras, les laissant tomber sur ses cuisses.

— Je crois que je vais aller surfer ou faire un peu de muscu, dit-il en frappant son torse. Il faut que je retrouve la forme.

Je pose une main sur sa joue et dégage une mèche rebelle.

— Tu as besoin d'une bonne coupe de cheveux, je dis en enroulant une mèche autour de mon index.

— Alors, j'irai chez le coiffeur, répond-il.

— Eh, c'était juste une suggestion !

J'appuie mon menton sur son torse et le regarde dans les yeux.

Ils sont d'un superbe vert clair, comme d'habitude, mais les contours sont assombris par la fatigue. Wes frotte mon dos de haut en bas, empoigne ma nuque et approche mon visage du sien, jusqu'à ce que nos bouches soient à quelques millimètres l'une de l'autre.

— Ne t'inquiète pas pour moi. Concentre-toi sur toi et le Dr Mamour.

— Il est marié à une top model, Wes, tu n'as rien à craindre, je dis en levant les yeux au ciel.

— Ouais, une jeune top model. Maigre comme un clou. Crois-moi, dès qu'il verra tes formes, il regrettera d'avoir épousé une brindille alors qu'il aurait pu avoir un double McFlurry au Daim.

— Tu viens de me comparer à un dessert ? je ricane.

— Tu es la chose la plus délicieuse que j'aie goûtée, la comparaison me semble bonne.

Je secoue la tête et recule pour attraper mon sac à main.

— Sois sage. Tu vas me manquer, je dis en lui soufflant un baiser.

— Bébé, tu ne sais pas à quel point tu vas me manquer toi aussi, répond-il en me faisant un signe de la main.

J'ouvre la porte et plonge sous le soleil d'automne californien, puis dans la limousine qui m'attend. J'aurais préféré prendre Suzi, car cela fait longtemps que je ne l'ai pas conduite, mais Wes a insisté. De toute façon, il m'aurait été impossible de mettre une jupe crayon en moto.

Assise à l'arrière du véhicule, je vide tout l'air que je semble garder dans mes poumons depuis des mois, et je repense aux derniers mots de Wes. « Bébé, tu ne sais pas à quel point tu vas me manquer toi aussi. »

Une part de moi aurait aimé rester à la maison avec lui, enveloppée nuit et jour dans son odeur. Seulement, cela ne va pas nous aider à avancer. Si Wes souffre, j'ai moi aussi quelques soucis à gérer. Lorsqu'il fait ses terreurs nocturnes, après qu'il a cherché du réconfort dans mon corps et qu'il s'est endormi, je reste réveillée, à regarder son visage paisible aussi longtemps que possible, savourant de l'avoir à la maison, en un morceau, à moi. Or, ce n'est pas tout à fait vrai. Wes est bien en vie et en un morceau, physiquement. C'est une tout autre histoire lorsqu'il s'agit de son esprit.

Après une semaine ensemble, je sais qu'il a besoin d'aide, et c'est à moi, sa partenaire, de lui procurer ce dont il a besoin. Ce soir, j'appellerai des cabinets de psychologues. Peut-être sa sœur, Jeanine, pour avoir son avis. Wes n'apprécierait pas que je parle à sa mère de ses cauchemars ou du fait qu'il ne veut pas retourner travailler. Cela inquiéterait Claire et elle en deviendrait probablement étouffante. Or, Wes a trente ans et il n'a pas besoin de ça. Non, ce dont il a besoin, c'est de se retrouver et de réaliser la chance qu'il a d'être en vie, tout en faisant le deuil de ce qu'il a perdu. Sans cela, il ne pourra pas revivre normalement.

Je suppose qu'avec le temps, il se remettra de sa colère vis-à-vis de son travail et des horreurs qu'il a vues, comme les gens qui ont été tués sous ses yeux. Je n'imagine pas l'impact que cela a dû avoir sur lui. Il a besoin de quelques mois de repos. Il a plus d'argent qu'il ne lui en faut, et un congé sabbatique loin du cinéma serait sans doute une bonne idée.

*

Une blonde de vingt ans affreusement maigre me guide à travers les couloirs de Century Productions.

— Vous devez être ici tous les jours à neuf heures, dit-elle en regardant sa montre et en grimaçant.

D'accord, j'ai quelques minutes de retard… Le mec à l'entrée m'a donné de mauvaises indications pour arriver au studio. J'ai beau être partie de la maison avec une demi-heure d'avance, je n'ai pas réussi à arriver à l'heure.

— Ça marche. Maintenant que je sais où aller, je serai là plus tôt.

Celle qui s'est fièrement présentée comme l'assistante du Docteur Hoffman, Shandi « avec un i », hoche la tête et poursuit son chemin. Ses talons frappent le sol carrelé aussi vite que mon cœur bat dans ma poitrine. Ça fait des mois que je ne me suis pas sentie aussi stressée. J'avais oublié que tout va à cent à l'heure à Hollywood, il faut être rapide si on ne veut pas perdre pied.

— Les maquilleurs et les stylistes sont là, dit Shandi en désignant une pièce avec des chaises et des miroirs éclairés par d'énormes ampoules blanches, le genre qui met en valeur le moindre grain de beauté et le moindre défaut. Lorsque je me tourne de nouveau vers elle, Shandi est en train de scruter ma tenue.

— Vos vêtements sont plutôt bien, mais il faudra vous coiffer. On n'est pas dans un documentaire animalier ! On tirera vos cheveux en arrière et on vous fera des boucles plus souples, ce sera plus élégant et plus professionnel.

Elle tapote son menton de son index parfaitement manucuré.

— La caméra va vous adorer. Presque autant que vous allez plaire à Drew, ajoute-t-elle en fronçant les sourcils.

Elle tourne les talons et se dirige vers une porte ornée d'une étoile dorée portant le nom de Drew Hoffman. Elle frappe deux fois dessus et attend.

— Entre, Shandi, annonce une voix douce comme du miel.

— Mademoiselle Saunders est là. Vous avez dit que vous vouliez la rencontrer avant qu'elle ne voie les scénaristes.

Shandi se transforme sous mes yeux. Sa grimace disparaît, laissant place à un sourire rayonnant, et le dédain quitte ses yeux, remplacé par une joie amoureuse. Elle rougit légèrement en parlant à l'homme que je ne vois pas.

— Oui, oui, chérie. Fais-la entrer.

Chérie ? Shandi ouvre plus grand la porte pour me laisser entrer.

L'homme qui m'accueille est exactement ce à quoi je m'attendais. Il doit avoir au moins quinze ans de plus que moi, mais les années n'ôtent rien à sa beauté. Ses cheveux noirs sont parsemés de blanc sur les tempes et ses yeux gris sont perçants. Il mesure environ un mètre quatre-vingts, est plus musclé qu'à la télé, mais peut-être est-ce parce qu'il porte généralement une blouse blanche. Aujourd'hui, il est vêtu d'une chemise cintrée à la taille et d'un jean moulant partout où il faut, je comprends d'ailleurs pourquoi toutes les femmes sont folles de lui. Il est canon, c'est aussi simple que ça.

— Extraordinaire, déclare-t-il en me tendant la main.

Je lui donne la mienne et il la recouvre avec son autre paume. Qui fait encore ce genre de choses, de nos jours ?

— Vous êtes bien plus belle en personne que sur vos photos.

Je penche la tête sur le côté et le regarde de haut en bas.

— Vous n'êtes pas mal, vous non plus, Docteur, je rétorque d'une voix suave.

Drew Hoffman est un beau gosse. Est-ce que j'ai envie de lui sauter dessus et de le chevaucher jusqu'à l'aube ? Pas du tout. Toutefois, ce n'est pas parce que mon cœur et ma libido appartiennent à Weston Channing que je suis aveugle et ne suis pas affectée par les autres superbes spécimens masculins que je croise.

Il secoue la tête et dépose un baiser sur ma main.

— Je suis ravi de vous rencontrer, Mademoiselle Saunders. J'ai hâte de voir ce que vous allez proposer pour votre segment. Les médias vous aiment déjà, surtout après le clip viral du Latin Lover. Vous êtes une célébrité très prisée.

— Euh, vous devez faire erreur, je ricane. Je ne suis pas célèbre. Je suis sortie avec quelques stars et j'ai tourné dans un clip, mais c'est tout !

Il lâche enfin ma main et j'en suis soulagée, car cela commençait à être bizarre. Il marche jusqu'à la table où sont éparpillés divers magazines people.

— Que dites-vous de ça, alors ?

Rien n'aurait pu me préparer à voir la dizaine de photos de moi sur les couvertures. Il y en a une avec Tony, une autre avec Mason, d'autres encore sont tirées du shooting que j'ai fait avec Angel pour la campagne *La beauté ne se mesure pas*. Il y a une série me montrant au bras d'Alec lors du vernissage d'*Amour sur Toile,* le photographe semble s'être concentré sur toutes les fois qu'Alec avait une attention ou un geste pour moi. Il y a même une photo suggérant que je suis la nouvelle maîtresse d'Anton Santiago et que je le trompe avec mon nouveau mec, Weston Channing.

— Je ne sais pas quoi dire, je dis en repoussant les magazines, agacée.

Drew s'assied sur son canapé et ouvre grand les bras.

— Il n'y a rien à dire. Vous êtes la nouvelle *It Girl*, et j'ai l'intention d'en tirer parti !

Je hausse les épaules et m'assieds face à lui pendant que Shandi nous sert à boire, me donnant un café que je n'ai pas demandé mais dont je rêvais.

— Merci Shandi, tu peux nous laisser maintenant, dit Drew en lui faisant un signe de la main.

Il boit une gorgée de son café en m'observant attentivement.

— Alors, de quoi allez-vous parler dans votre segment, ce vendredi ?

Je plisse les yeux et pose mes mains sur mes genoux.

— Comment ça ? Je n'ai pas reçu de script.

Il recule le visage en écarquillant les yeux.

— Vous voulez dire que votre agent ne vous a pas expliqué ?

— Euh… m'expliquer quoi ?

Il éclate de rire et se frappe la cuisse.

— Chérie, vous êtes censée écrire tout le segment de *Vivre en beauté* vous-même ! Tout vient de vous, de ce que vous trouvez beau. Avec votre travail pour *La beauté ne se mesure pas*, *Amour sur toile* et votre clip, nos sondages montrent qu'un segment révélant ce que vous trouvez beau plaira énormément à notre public.

— Vous plaisantez ?

— Pas du tout. Apparemment, il vous faut vite parler à votre agent et vous mettre au travail. Je veux que vous me résumiez ce que vous allez faire dans votre vidéo de quinze minutes mercredi prochain. Comme ça, nous pourrons en discuter et je serai prêt à en parler vendredi, quand nous enregistrerons l'émission.

Je dois parler de *Vivre en beauté* pendant quinze minutes. Dans quoi Millie m'a-t-elle fourrée, bon sang ? Je croyais que j'allais jouer un rôle, pas que j'étais le rôle. Un frisson d'excitation parcourt mon corps. Vais-je y arriver ? Est-ce que je peux trouver une idée qui soit intéressante pour des millions de personnes, et ce toutes les semaines ? Je suppose que je vais vite le savoir. Peut-être que Wes pourra m'aider ? Peut-être que ça l'aidera à retrouver sa passion ?

Soudain, j'ai hâte de commencer et d'en discuter avec mon homme afin d'épater les producteurs et le Docteur Hoffman.

— Alors, qu'est-ce que je fais maintenant ? je demande.

— Eh bien, vous vous mettez au travail. Nous nous verrons mercredi pour notre réunion de préproduction. Ne me décevez pas. C'est moi qui ai demandé à vous avoir et je veux surprendre mon public.

Je me lève et me dirige vers la porte. Une main sur la poignée, je me tourne vers lui en faisant voler mes cheveux derrière moi.

— Ne vous en faites pas, je ne vous décevrai pas. Vous ne voudrez plus jamais me laisser partir.

— Prouvez-le, chérie, ricane-t-il.

Sans un regard, je sors de son bureau. Ce type a un ego surdimensionné et il me regarde comme si j'étais un bout de viande, mais je ne crois pas qu'il tenterait quoi que ce soit. Peut-être est-il quelqu'un de bien dans une enveloppe arrogante et sexy. Mon signal d'alerte ne s'est pas déclenché, or après mon expérience avec Aaron, je suis toujours sur le qui-vive.

*

Dans la voiture pour rentrer, je sors mon téléphone pour appeler Millie.

— Escorts Exquises, Stéphanie à l'appareil !

— Salut Stéphanie, c'est Mia. Tu peux me passer ma tante, s'il te plaît ?

— Oh, salut ! Je suis contente d'avoir de tes nouvelles, Miss Milan a dit que tu arrêtais le métier d'escort. Tout va bien ?

Je dois me retenir de rire. J'ai arrêté ce métier, en effet, mais je n'avais jamais prévu de le commencer ! Maintenant que je ne dois plus rien à Blaine, je peux passer à de plus beaux projets. Depuis que Max a remboursé Blaine, Millie a annulé mes contrats pour novembre et décembre. Pour l'instant, j'ai quatre segments à faire pour l'émission du Docteur Hoffman, et avec un peu de chance, ils renouvelleront mon contrat. Reste à voir si j'aime ce job et s'ils apprécient ce que je peux leur offrir.

— Tout va bien. Je ne faisais ça que pour payer la dette de ma famille. Maintenant que tout est réglé, je suis passée à autre chose et je suis rentrée à Malibu. Bref, ma tante est disponible ?

— Ah, oui bien sûr. Prends soin de toi, Mia ! N'hésite pas à donner des nouvelles, dit-elle avant de me transférer.

La ligne sonne plusieurs fois avant que ma tante ne décroche.

— Bonjour ma poupée. Comment te traite le monde de la silicone, de la chirurgie plastique et des starlettes ?

— Aussi bien que possible, étant donné la situation. À tout hasard, aurais-tu oublié de me dire quelque chose à propos de *Vivre en beauté*, chère tante ? je demande d'un ton lourd de sous-entendus.

J'entends le bruit de ses doigts sur son clavier.

— Je ne sais pas. Ils ont envoyé le contrat, je l'ai relu, le département juridique l'a relu, et tout avait l'air en ordre. Ne tourne pas autour du pot, quel est le problème ?

— Millie, tu ne m'as jamais dit que je devais écrire le segment moi-même !

Elle fredonne et continue de travailler en me parlant. Je l'imagine lire ses mails ou associer des hommes seuls à des nanas bien trop belles pour eux.

— Je ne comprends pas le problème. Ne sois pas vague, chérie, va au but.

— Millie, je dois écrire le segment. Du début à la fin. Toutes les semaines !

— Et alors ? Tu es intelligente, belle, et tu as l'esprit créatif. Ça devrait être un jeu d'enfant pour toi.

Je grogne en entortillant une mèche sur mon doigt tout en regardant les voitures nous doubler sur le périphérique bondé. Il y a six voies, mais ça n'empêche pas les bouchons.

— J'aurais aimé savoir à quoi m'attendre.

— Ma puce, je t'ai envoyé une copie du contrat et tu l'as signé. Je suis désolée si tu ne l'as pas lu, mais à l'avenir, ne signe plus les contrats sans en avoir lu toutes les clauses.

Son accusation finit de m'agacer.

— Tu es mon agent et ma tante. Tu aurais dû me prévenir !

— Tu m'en veux parce que tu n'étais pas prête ? Poupée, je suis désolée de ne pas t'avoir tout dit alors que je savais que tu étais sur les nerfs. Toutefois, je n'aurais pas accepté ce contrat si je ne pensais pas que c'était ce qu'il y avait de mieux pour toi. Tu es une bonne actrice, mais tu n'es pas la meilleure, soyons honnêtes. Tu ne joues pas très bien avec les autres. Dans ce genre d'environnement, c'est toi qui vas prendre les décisions. Tu dois les faire approuver par les directeurs, surtout Hoffman, mais c'est tout !

Elle marque une pause comme si elle me laissait le temps d'encaisser ce qu'elle vient de dire.

— Tu vas toucher vingt-cinq mille dollars par émission. C'est plus que tu ne gagnais pour dix pubs de tampons ou de tests de grossesse. C'est très bon pour ta carrière. Prends le taureau par les cornes et tires-en partie. C'est ta chance de percer, Mia !

Millie a raison. C'est ma chance, en effet. C'est le moment pour moi de prouver que je peux faire autre chose que du mannequinat, prétendre être quelqu'un que je ne suis pas, ou être la moitié d'un autre. Ce boulot est l'occasion pour moi de réussir seule. Il est temps pour Mia Saunders de se faire une place. On n'a qu'une chance dans ce genre de milieu et il est hors de question que je la gâche.

— Tu sais quoi, Tante Millie ? Tu as raison.

— Bien sûr, glousse-t-elle. Chérie, j'ai toujours raison. Maintenant, mets-toi au travail. Nous sommes vendredi, donc tu n'as que cinq jours pour trouver une idée. J'ai hâte de voir ça à la télé. Je vais l'enregistrer toutes les semaines !

Je suis soulagée que ma tante, la seule figure maternelle qui me reste, se soucie assez de moi et de mon avenir pour me pousser à réussir. Ma tante Millie Colgrove est une femme d'affaires sans merci qui opère de manière tout juste légale, mais elle n'est pas sans cœur, et le sien bat pour moi.

— Merci de croire en moi, je chuchote.

— Oh ma poupée. Je suis on ne peut plus fière de toi. Tout se déroulera pour le mieux, tu verras.

Bon sang, j'espère qu'elle a raison.

Tout se déroulera pour le mieux. Je réfléchis à cela lorsque le chauffeur s'arrête devant chez nous et me laisse descendre. J'entre dans la maison, prête à raconter tout ce qui s'est passé à Wes et entendre ce qu'il en pense, mais la scène que je découvre me brise le cœur.

Wes. Mon Wes. Son bras est autour d'une brune que je ne connais que trop bien. Elle le serre contre elle. Son visage est tourné vers moi et ses yeux sont fermés. Wes est dos à moi. Je reste plantée là, sans mots, mon cœur battant fort dans mes oreilles. Elle lève la tête et je vois ses larmes ruisseler sur ses joues.

La voilà. La femme que je ne voulais plus jamais revoir. Gina DeLuca est assise sur mon canapé, dans ma nouvelle maison, dans les bras de mon mec. Merde.

Chapitre 5

Ne sachant pas quoi faire, je me racle vigoureusement la gorge pour séparer le couple enlacé. Wes voit mon visage et se lève d'un bond, puis il prend la main de Gina et l'aide à se lever.

— Euh… Mia… euh… Je ne t'attendais pas de retour si tôt, dit-il en passant sa main dans ses cheveux.

Mauvaise réponse, mon pote.

— Je vois ça, oui. Vous voulez que je vous laisse tout seuls peut-être ? je grogne en serrant les dents.

Wes écarquille les yeux et regarde brièvement Gina.

— Mon Dieu, non ! s'exclame-t-il en levant les mains. Chérie, ce n'est pas ce que tu crois !

— Ah non ? Parce qu'on dirait que l'homme que j'aime réconforte son ex pendant que je suis au travail, je réponds en penchant la tête sur le côté.

— Bébé, non, tu n'y es pas du tout, dit-il en s'éloignant de Gina. Ne t'imagine pas des choses.

Il vient à moi en ouvrant les bras, mais je recule avant qu'il ne m'attrape.

— Dépêche-toi de m'expliquer ce qui se passe avant que je ne pète un câble, je gronde en croisant les bras.

— Mia, Wes et moi ne faisions rien de mal, je te le promets, dit une petite voix anéantie.

Gina s'appuie sur le canapé, et c'est là que je la vois vraiment. Une de ses jambes est dans un plâtre et des béquilles sont posées contre l'accoudoir. Quand elle se lève, je remarque que son corps n'a plus la vivacité qu'elle avait avant. Elle a l'air hagard et elle est affreusement maigre. Je la regarde de la racine de ses cheveux désormais ternes et sans éclat jusqu'à la pointe de ses pieds, ce n'est pas la femme que j'ai rencontrée en janvier. Ce n'est que la coquille vide de l'incroyable beauté qu'elle était.

Je cligne plusieurs fois des yeux, ne sachant comment répondre, lorsque Wes passe un bras autour de mes épaules.

— Mia, Gina me rendait visite, c'est tout. Ça fait partie de sa… euh…

— De ma thérapie, finit-elle. Je suis surprise que tu ne lui aies pas dit, Weston, dit-elle avec un regard morne et sans vie.

Je ne sais pourquoi, je suis contente qu'elle ne l'appelle pas par le surnom que j'utilise. Cela m'aide à mettre une distance entre eux, et c'est primordial en cet instant.

— Je ne me sens pas le droit de raconter ton histoire, répond Wes d'une voix solennelle.

Gina coiffe ses cheveux en arrière, essuie ses yeux et me regarde.

— Ma psy dit que j'ai besoin de voir les survivants et de renouer avec les gens qui ont vécu la même chose que moi. Elle pense que ça m'aidera à me rappeler que je suis vivante. Comme ça, j'arriverai peut-être à reprendre le cours de ma vie. C'est pour ça que je suis là, Mia, dit-elle d'une voix tremblante. Wes me réconfortait. On a vécu un enfer là-bas, et, euh… je me sens en sécurité à côté de lui, admet-elle en pleurant de nouveau. Je ne me sens plus en sécurité nulle part. J'ai peur tout le temps, admet-elle d'une voix si faiblarde qu'elle me donne envie de la prendre dans mes bras.

L'entendre parler ainsi de ses peurs me fait l'effet d'un seau d'eau glacée jeté au visage.

— Je suis désolée. Je n'aurais pas dû imaginer le pire. Vous avez traversé de terribles épreuves ensemble, c'est normal. Finissez votre conversation. Je ne suis pas énervée. Je vous en prie, je dis en faisant signe à Wes de se rasseoir, prenez votre temps. J'ai été jalouse un instant, mais je fais confiance à Wes et je crois en notre amour. Il ne me tromperait jamais.

— Non, jamais, dit Wes avec un regard brillant.

Je m'avance pour l'embrasser rapidement et lui montrer que tout va bien entre nous.

— Je vais me doucher et appeler Maddy et Ginelle.

— D'accord, on aura fini à temps pour dîner, promet-il.

Je m'éloigne lorsque je pense à quelque chose, et je me tourne de nouveau vers eux.

— Gina, je suis contente que tu aies survécu. Wes tient à toi, et je sais que vous avez vécu le pire ensemble, donc n'hésite pas à venir aussi souvent que tu le souhaites. Je veux que vous alliez bien tous les deux. Personne ne mérite de vivre constamment dans la peur. Ce que je veux te dire, c'est que… j'espère te revoir bientôt.

Il m'a fallu tout mon self-control et faire appel à toute ma maturité pour dire cela, car avant toute cette horrible histoire, je ne voulais plus jamais voir Gina et Wes ensemble. Or, je dois désormais ravaler ma fierté, car je veux aider Wes. Peut-être qu'en aidant Gina, j'y parviendrai. En tout cas, cela vaut la peine d'essayer. Pour Wes et son bien-être, je peux mettre de côté ma jalousie.

— Merci Mia, tu es quelqu'un de bien, répond Gina.

Je souris et hoche la tête, ne sachant quoi dire.

— Chérie ? dit Wes.

— Oui, Bébé ?

— Je t'aime chaque jour un peu plus.

Je ne fais pas qu'entendre ses paroles, je les ressens jusque dans mon cœur.

*

Allongée sur le dos dans mon lit king-size, j'appelle Ginelle.

— Salut pétasse, répond-elle sans son ton animé et moqueur habituel.

Ma meilleure amie a vécu un cauchemar le mois dernier. Or, je ne sais pas comment elle réagit au fait d'avoir été kidnappée par Blaine et ses sbires, parce qu'elle ne m'en parle pas et garde tout pour elle.

— Qu'est-ce que tu fais ? je demande en espérant avoir une conversation normale.

Je rêve de retrouver la nana détendue et sarcastique avec laquelle j'ai grandi, celle qui m'a toujours lancé des insultes pleines d'amour. C'est une façon étrange de montrer son affection, mais nous avons toujours fonctionné ainsi et cela me manque.

Gin soupire. Oh non, non, non ! Je connais ce bruit, je l'ai entendu pendant des années !

— Tu fumes ? je crie dans le téléphone en m'asseyant sur le lit. Je n'en reviens pas, Gin, à quoi tu joues ? Tu arrêtes pendant presque huit mois et maintenant tu as repris ? Tu es sérieuse ?

Je suis tellement triste de savoir qu'elle a ruiné tous ces mois d'efforts en un clin d'œil.

— Calme-toi, connasse ! rétorque-t-elle. C'est une fausse clope, une vapoteuse. C'est de la vapeur à la menthe pour simuler les menthols que j'adorais fumer.

— Mais pourquoi tu fumes ça ? Ce n'est pas le même geste ? Ça ne fout pas tout en l'air ?

— Écoute Mia, j'en ai gros sur la patate, d'accord ? Je voulais une clope, mais au lieu de ça, j'ai acheté cette merde pour m'aider à me détendre. Tu n'es pas là. Tu ne sais pas ce que c'est de gérer tout ça toute seule.

Notre conversation prend soudain un ton bien différent.

— Je déteste mon boulot. Je déteste mon appart, et je déteste être à Las Vegas. Tout me fait penser à lui. Chaque fois que je me retourne, je me demande s'il sera là, sanglote-t-elle. J'ai peur qu'il me kidnappe de nouveau. J'ai dû demander à mon chef de m'accompagner à ma voiture parce que j'étais convaincue qu'il serait là. Tu sais ce que c'est, toi ? s'exclame-t-elle.

Non, je ne le sais pas. Mais si je le pouvais, j'échangerais nos places. Je suppose que je dois être contente qu'elle m'en parle, au moins. Je suis accablée de culpabilité, de rage et de tristesse en écoutant ma meilleure amie. J'aimerais la serrer dans mes bras, lui dire que tout ira bien, mais la vérité c'est que je partage ses peurs. Je n'aime pas qu'elle soit seule à Las Vegas. La bonne nouvelle, c'est que j'en ai déjà parlé à Wes. Il a eu du mal à croire tout ce qui s'est passé pendant que nous n'étions pas ensemble. Puis, j'ai fait quelque chose que je m'étais promis de ne jamais faire, j'ai demandé une faveur à mon petit ami. Une faveur professionnelle. Je m'étais juré de ne jamais faire ça avec mes clients. Certes, je l'ai fait avec Warren, mais c'était différent. Sa dette envers moi est désormais réglée, puisqu'il a accepté de contacter les gens les plus puissants du pays pour m'aider à retrouver Wes.

Pour en revenir à Ginelle, j'ai demandé à Wes s'il connaissait des spectacles à Los Angeles qui seraient susceptibles de vouloir une danseuse avec son talent unique. Il a passé quelques coups de fil et, dans deux semaines, si Gin le veut, elle a la possibilité de faire avancer sa carrière.

— Eh, ma puce, calme-toi. Écoute-moi.

J'entends un bruissement, puis elle se mouche et soupire.

— D'accord. Je suis assise. Dis-moi tout.

— J'ai une proposition pour toi.

Elle glousse doucement et cela me réchauffe immédiatement le cœur.

— Tu vas me dégoter du boulot avec Tante Millie ? ricane-t-elle.

C'est une blague récurrente entre nous, car Gin a beau dire qu'elle voudrait être escort, elle n'est vraiment pas le genre de femme capable de rester sagement suspendue au bras d'un homme riche dans le simple but d'avoir l'air jolie. J'ai eu de la chance avec mes clients, mais les circonstances étaient uniques. D'autres que moi n'auront pas les mêmes opportunités, Millie a été très claire sur ce point. Ginelle se farcirait des vieux clients pleins aux as qui s'attendraient à une petite gâterie en fin de soirée. Gin a une grande gueule, mais elle n'est pas faite pour ce genre de job, quel que soit le salaire.

— Non, pas du tout. Ça n'a rien à voir. Que dirais-tu de déménager à Malibu ? De rester avec Wes et moi, le temps d'aller mieux ? je commence avant qu'elle ne me coupe la parole.

— Je viendrais dès demain si je le pouvais, Mia, mais ça ne résout pas la question du travail. Je ne vais pas partir là-bas dans l'espoir de trouver du boulot. Je pourrais en avoir pour des mois et vous venez de vous retrouver. Wes a ses propres problèmes à régler, tout comme moi. Tu veux vraiment une autre tarée sous ton toit ?

— Oui, vraiment ! Mais tu ne m'as pas laissé finir. Un ami de Wes dirige un petit théâtre, ici. Les danses sont très osées et il vient de perdre son chorégraphe. Qui mieux qu'une véritable danseuse burlesque de Las Vegas pour montrer à ses pimbêches maigrichonnes aux seins siliconés et aux lèvres gonflées au collagène comment secouer leur boule sur scène ? Ça pourrait être génial !

Et hilarant !

Ginelle ne dit rien pendant très longtemps et j'attends avec appréhension. Lorsqu'elle parle enfin, sa voix est fluette.

— Tu m'as trouvé un job de chorégraphe ? Dans un théâtre à L.A. ? Mon Dieu ! s'exclame-t-elle pleine de joie.

— Gin, je ne sais pas vraiment ce que ça implique, mais le salaire est bien meilleur que celui que tu as aujourd'hui, et tu n'aurais pas à payer de loyer. Tu peux vivre dans la petite maison d'amis à côté de la nôtre et tu peux y rester aussi longtemps que tu veux, toute ta vie si tu veux, j'ajoute.

— Wes et toi m'avez trouvé le job de mes rêves, vous m'offrez un toit pour aussi longtemps que je le veux et l'occasion de vivre en Californie avec ma salope de meilleure amie ?

Je réfléchis à sa question et me demande si j'ai oublié quelque chose, si je peux lui proposer autre chose qui lui ferait saisir cette opportunité.

— Euh… en gros, ouais.

— T'es complètement barjot ?

— Je ne crois pas, non, je dis en riant légèrement.

— Alors, prépare mon lit, ma pupute, parce que ta meilleure amie débarque au pays du tofu et des graines ! Nom de Dieu, je vais être la chorégraphe d'un spectacle burlesque à L.A. ? Bon sang, qu'est-ce que je vais mettre ?

Terminée la nana désespérément triste, Gin est désormais complètement hystérique, une version que je comprends et que j'aime plus que tout. Son bonheur est contagieux et dissipe immédiatement mes peurs et ma tristesse.

— Vraiment ? je demande, pour être sûre d'avoir bien compris.

— Mais oui ! Je commence mes cartons ce soir ! Il y a tellement à faire ! Je dois donner ma démission, faire mes valises, noter mes chorés, conduire jusqu'à Malibu. Tu sais ce que ça signifie, Mia ?

— Je commence à le deviner, oui ! je ris, ravie d'avoir pris la bonne décision.

— Ça veut dire que ma vie entière vient de changer pour le mieux ! Et c'est toi et Malibu Ken que je dois remercier. Passe-le-moi, je veux le remercier moi-même.

Je secoue la tête et m'allonge de nouveau sur le lit.

— Je ne peux pas, il est en train de parler à Gina.

La ligne devient silencieuse. Je n'entends que son souffle haletant et je l'imagine courir à travers son appartement, jetant une chose après l'autre par terre pour se préparer à sa nouvelle vie.

— Je te demande pardon ? Que fait cette traînée dans ta maison, à parler à ton homme alors que tu n'es pas là ?

— J'ai confiance en lui, je dis en entortillant une mèche sur mon doigt. Ils ont vécu un enfer ensemble, Gin. Wes a à peine entamé sa guérison. Et Gina fait peur à voir.

— Tant mieux ! dit-elle trop vite.

Ginelle est aussi protectrice de moi que je le suis d'elle, et selon elle, j'ai été lésée par l'actrice. Techniquement, ce n'est pas le cas car Wes était libre de faire ce qu'il voulait lorsqu'ils ont couché ensemble. D'ailleurs, à l'époque, je me tapais Taï. Il a fallu qu'il couche avec Gina pour que je réalise que je voulais être la seule femme à qui il ferait l'amour, qu'il embrasserait, avec qui il dormirait, et tout le reste.

Il faut que Gin abandonne son désir de vengeance, surtout si elle doit vivre ici, puisqu'elles risquent de se croiser.

— Ginelle, je ne plaisante pas, c'est très grave. Si elle avait perdu tout ce poids parce qu'elle était anorexique ou qu'elle se droguait, et si la peur dans son regard était due à la publication d'une photo d'elle sans maquillage, je serais ravie. Le problème, c'est qu'ils ont subi de graves traumatismes, si graves que je ne sais pas si je supporterais de tout entendre, mais je le dois pour aider Wes à guérir. Ce qu'il a vu lui provoque des terreurs nocturnes. Si ça peut l'aider que Gina aille mieux, alors je dois ravaler ma fierté, tu comprends ?

— Ils lui ont fait beaucoup de mal ? chuchote Gin d'une voix sérieuse.

— À mon avis… le mal est irréparable.

— Eh bien, tu es une meilleure personne que moi.

— Ça, on le savait déjà ! je ricane.

— Espèce de garce ! Je te pardonne parce que tu m'as obtenu le job de mes rêves et que tu me laisses vivre avec toi à Malibu. Tu sais, je ne repartirai peut-être jamais.

Je hausse les épaules et souris jusqu'aux oreilles.

— Peut-être que c'est ce que je veux !

En vérité, il se peut en effet que je veuille qu'elle reste à jamais. Maddy et papa sont à Las Vegas, Millie et Wes sont ici, et Max et sa famille sont au Texas. Les autres personnes que j'aime sont éparpillées un peu partout, avoir Gin avec moi me ferait un bien fou.

— Comment va papa ?

— Eh bien, ses fonctions vitales vont de mieux en mieux et les médecins ont bon espoir qu'il se réveille. Ce n'est qu'une question de temps. Les scans montrent que son activité cérébrale est normale. Le virus et ses réactions allergiques lui ont fait moins de mal qu'ils ne le craignaient.

Je ferme les yeux et remercie le Ciel de ne pas m'avoir pris mon père. Il ne reste plus qu'à attendre, maintenant.

— Et Maddy ?

— Oh, elle va super-bien. Elle a repris les cours, tout va bien avec Matt, et elle est aussi parfaite que d'habitude.

— Tant mieux, c'est ce que je veux entendre.

— Tu sais, la dernière fois que je lui ai parlé, elle m'a dit qu'elle avait beaucoup discuté avec Max à propos de Cunningham Oil & Gas et de leur département de recherche. Apparemment, elle a changé certaines de ses options pour se concentrer sur les sciences de la terre. Elle dit qu'elle envisage d'y aller après sa licence et de travailler pour lui. Même Matt dit que c'est une bonne idée.

— Ah bon ? Et sa famille ? Ils ont l'air si proches.

— Apparemment, ses parents ont dit qu'ils seraient prêts à déménager au Texas, eux aussi. Matt est leur seul enfant et ils approchent de la retraite. Max a dit à Matt qu'il pouvait embaucher son père et même sa mère. Il a parlé de vouloir sa famille près de lui.

Mais bien sûr. Max est un saint. Il m'a sauvée et il nous a accueillies, Maddy et moi, ainsi que tous ceux qui nous entourent, à bras ouverts. J'adore mon frère, mais il est fou. Peut-être est-ce pour ça qu'il est si heureux. Il traite tout le monde avec respect, il aime sa famille plus que tout et il veut que tout le monde autour de lui soit heureux. Je me demande quand il décidera de me mettre la pression pour que j'aille au Texas, moi aussi. Je suppose que ça ne va pas tarder. Je ne serais pas surprise qu'il trouve l'argument en or pour convaincre Wes et moi de déménager près de chez lui. Cependant, il faudrait que ce soit une pépite pour y parvenir, car cette chaleur et cette humidité… mon Dieu, c'est insupportable. Le fait que ma petite sœur habite là-bas est un sacré argument, et il le sait. Convaincs la petite, et la grande suivra.

— Ouais, Max est vraiment épatant.

— Meuf, il est merveilleux.

— Tu kiffes mon frère ? je m'exclame, faussement offensée.

— Le soleil se lève-t-il à l'est pour se coucher à l'ouest ? Tu as vu ton frère ? C'est un dieu en bottes de cow-boy !

— Doux Jésus !

— Exactement ! Sauf que si c'était moi, je crierais « oui Max, plus fort Max, vas-y ! »

Ma meilleure amie crie au téléphone et grogne pour enfoncer le clou, me donnant instantanément la nausée.

— T'es malade.

— Mais tu m'aimes.

— Je dois être folle, je devrais voir un médecin.

— Eh bien pendant que tu fais ça, moi je vais faire mes valises. On se voit dans quinze jours, ma traînée ! s'écrie Ginelle avant de raccrocher.

Mince, elle a gagné. Je l'aurai la prochaine fois.

Chapitre 6

Un cri strident me glace le sang et me tire d'un doux rêve. Comme d'habitude, je sors du lit, j'allume la lumière et je regarde l'homme que j'aime se débattre en hurlant, pris dans les griffes des démons qui sévissent dans les coins les plus sombres de son esprit. Cela me fend le cœur, comme toutes les nuits. Il se cambre et son torse trempé par la sueur scintille sous la lumière blanche, comme si tout son être cherchait le salut. Avant de le réveiller, je ferme les yeux, inspire profondément, et je laisse ses cris me mettre dans le bon état d'esprit. Je suis forte et autoritaire, je suis l'outil qui le ramènera des méandres de son désespoir, comme chaque nuit. Je serai cela et plus encore, jusqu'à ce qu'il trouve enfin la paix. Il n'y a pas d'alternative. Wes retrouvera la sérénité qui le caractérisait.

— Wes ! je hurle, la tête haute.

Je suis debout, nue devant lui, quand il ouvre brusquement les yeux. Ses pupilles sont presque entièrement noires. Il est à l'état d'animal, emporté par ses peurs.

— À moi !

Il grogne en me regardant et en se jetant sur moi.

L'instant d'après, il a saisi un téton dans sa bouche et je suis tiraillée entre la douleur et le plaisir. Ses mains sont partout sur mes fesses alors qu'il frotte sa queue sur moi.

— C'est ça. Tout ça est à toi et tu peux en faire ce que tu veux. Tout ce que tu as à faire, c'est de me dire pourquoi tu m'aimes, je déclare en empoignant ses cheveux et en le tenant fort contre mon sein.

J'ai décidé d'essayer une nouvelle méthode. Je veux qu'il se souvienne pourquoi je suis là ;

le ramener au présent pour que les souvenirs de sa captivité se dissipent plus vite.

— J'aime te baiser !

Il se colle à moi et me fait reculer jusqu'à me plaquer contre le mur. Il change de sein tandis qu'il palpe l'autre avec sa main, tirant la pointe entre deux doigts, la tordant jusqu'à déclencher des décharges de plaisir qui se propagent dans mon sexe. Je retiens mon souffle et écarte davantage les jambes pour le sentir mieux.

— Mais dis-moi ce que tu aimes chez moi, et je te laisserai t'enfouir si profondément en moi que j'en aurai le souffle coupé.

Wes lâche mon téton et je gémis de ne plus sentir sa bouche. Il essaie de m'embrasser, mais je tourne la tête de côté pour éviter ce baiser que je désire tant.

— Qu'est-ce que tu fais ? gronde-t-il, la colère prenant momentanément le dessus sur son excitation.

Je lève une jambe et frotte mon sexe sur sa cuisse, couvrant sa peau et lui prouvant mon désir.

— Tu m'aimes ? je demande une nouvelle fois.

Sa voix est sèche. Ferme. Chaque mot est prononcé en rythme avec les battements de mon cœur fragile.

— Tu. Sais. Que Oui. Alors. Donne. Moi. Ce. Dont. J'ai. Besoin.

Je secoue la tête et baisse son boxer. Il finit de s'en débarrasser avec les pieds, sans rompre le contact avec mes yeux. J'emploie toute la force de mes jambes pour sauter et entourer sa taille avec mes cuisses, et il saisit mes fesses comme si je ne pesais rien. Il inspire en me plaquant plus fort contre le mur, sa queue entre mes cuisses. Nous sommes si près, et en même temps si loin. Il ne me prendrait jamais sans ma permission, même pendant ses terreurs nocturnes. Quelque chose en lui semble l'empêcher d'aller trop loin, et je lui en suis reconnaissante.

Je passe mes deux mains dans ses cheveux et je le tiens fermement.

— Réponds-moi, et tu auras ce que tu veux.

Je lèche son cou, et le goût salé de sueur et d'océan fait fourmiller de plaisir mes papilles.

Wes gémit et presse la base de sa verge sur mon clitoris, me frottant, cherchant ce que je refuse de lui donner. Je recule la tête de sorte que nous soyons nez à nez. Ses pupilles se rétractent lentement, laissant le vert de ses iris remplir le néant. Je souris et effleure sa bouche avec la mienne, lui rappelant où il est. Il soupire entre mes lèvres, acceptant mon baiser.

— Dis-moi pourquoi tu m'aimes, je répète.

Une de ses mains lâche ma fesse pour s'enfouir dans mes cheveux et tenir ma nuque. Il pose son pouce sur ma joue, un geste tendre et plein d'amour. Je suis écrasée entre le mur et son corps et pas un millimètre ne nous sépare. En cet instant, nous sommes connectés physiquement, mentalement et émotionnellement.

— T'aimer m'est aussi naturel que respirer. J'ai besoin de toi pour vivre. Toi, Mia, tu es mon souffle de vie.

Les larmes remplissent mes yeux tandis que j'appuie mon front sur le sien.

— Viens, Bébé. Prends ce dont tu as besoin.

— Je t'aime, dit-il en reculant son bassin pour s'enfoncer entièrement en moi, brusquement.

J'adore chaque centimètre de toi. Mais plus que tout, dit-il alors qu'un cri m'échappe, j'aime être connecté à toi, la femme sans laquelle je ne peux pas vivre.

— Je t'aime chaque jour un peu plus, je dis, répétant ses paroles.

Son pouce caresse ma joue en même temps que ses hanches poursuivent leur va-et-vient effréné.

— Merci. Merci de me faire revenir toutes les nuits.

Il accélère le mouvement de son bassin, offrant à mon corps un bonheur exquis. Je monte si haut, lorsque Wes me fait l'amour, que j'atteins les étoiles.

Mon corps crépite de plaisir, de douleur et d'amour. Je l'ai fait. Je l'ai ramené à la maison. J'ai retourné la situation. Les parois de mon sexe se contractent, agrippant sa verge alors qu'il frappe ce point en moi qui me fait hurler de plaisir. Je me crispe sous lui, me cambre, collant ma poitrine à la sienne. Nos sueurs se mélangent, nos corps fusionnent, nos âmes dansent ensemble. Des étoiles scintillent devant mes yeux et la brise de l'océan chatouille ma peau par la fenêtre ouverte. Wes grogne lorsqu'il éjacule et mord la peau tendre à la base de mon cou. Son essence chaude jaillit en moi, provoquant mon propre orgasme. Je jouis violemment et me referme sur lui, verrouillant sa queue en moi, le serrant dans mes bras et entre mes jambes. J'aimerais ne jamais lâcher.

— Merci, chuchote Wes contre ma joue. Merci, mon amour.

Il s'accroche à moi comme un homme désespéré, me tenant si fort que je peine à respirer. Mon amour est son souffle, et il me suffit de l'aimer pour vivre.

*

Le lendemain matin, lorsque je me réveille, Wes n'est pas là. Je me suis habituée à me réveiller avec sa chaleur et son poids près de moi, me serrant contre lui. Mais aujourd'hui, je crains ce qu'apporteront les premières lueurs. Comment réagira-t-il, à tête reposée ? Je regarde l'heure et note qu'il est très tôt. Le soleil se lève à peine. Je sors nue sur le balcon, sans me soucier qu'on me voie.

Une silhouette solitaire se dessine au loin, sur la plage qui s'étend au pied de notre maison. J'aimerais commencer cette nouvelle journée avec lui, me prélasser dans la pureté de notre amour, savourer notre victoire sur la pénombre. Or, Wes est allé chercher la sérénité de l'océan, la beauté tranquille de Mère Nature, et non la chaleur de mon corps et ma présence.

Le cœur lourd, je saisis mon bikini blanc, qui sert davantage à éveiller le désir qu'à me couvrir, mais il est en haut de la pile de vêtements propres que Judi a posés sur la commode. Après réflexion, j'attrape le t-shirt blanc que Wes portait hier afin d'être plus décente. Si je dois parler à Wes et découvrir où il en est, je ne veux pas tout gâcher en l'excitant.

Je traverse la plage. Il est au bord du rivage, les vagues chatouillent à peine ses chevilles. Ses pieds sont ancrés dans le sable et il se tient bien droit. Il porte un pantalon en lin beige qu'il a remonté jusqu'aux genoux, et rien d'autre. Je passe plusieurs minutes à le regarder, plus émerveillée par sa beauté que par l'océan qui s'étend devant lui. Ses longues mèches blond foncé s'agitent dans la brise et son torse doré est éclatant sous les premiers rayons de la journée. À voir ses épaules et sa posture rigides, je sais déjà qu'il n'est pas détendu.

J'approche lentement en prenant soin de me faire entendre. Il tourne la tête lorsque j'arrive près de lui, et son expression anéantie disparaît immédiatement, vaincue par la lumière et l'amour. Wes m'observe des pieds à la tête, s'arrêtant sur mes longs cheveux qui volent dans la brise, et il m'offre la seule chose que j'ai désirée depuis son retour, un large sourire plein de joie. J'en ai le souffle coupé et, sans l'avoir prévu, je me mets à courir vers lui. À la dernière seconde, je saute et il m'attrape en plein vol pour me faire tourner autour de lui. Je fais tout mon possible pour graver cet instant dans ma mémoire et dans mon cœur afin de le revisiter chaque fois que je serai triste, inquiète, ou frustrée. Mon Wes, l'homme dont je suis tombée amoureuse… est revenu.

J'effleure sa bouche et l'embrasse. Je n'attends pas qu'il me rende mon amour, je prends ce dont j'ai besoin. Je glisse ma langue entre ses lèvres, caressant la sienne amoureusement. Je lui offre tant de passion qu'il trébuche et tombe dans le sable, m'entraînant avec lui de sorte que je chevauche son bassin. Je ne me décourage pas et mordille sa lèvre inférieure jusqu'à ce que j'entende ce grognement qui m'excite tant. Il titille ma lèvre et je retiens mon souffle. J'ai l'impression que nous passons des heures ainsi, assis dans le sable, nous embrassant comme des adolescents.

Sa bouche a un goût de menthe et d'océan. La peau de son visage est fraîche, mais son torse est réchauffé par les rayons du soleil. Je le serre fort contre moi, suce sa langue et grogne dans sa bouche.

Il recule la tête et nous cherchons tous les deux notre souffle.

— Waouh, tu es sacrément fougueuse ce matin. Je n'aurais pas dû te laisser au lit.

Je frotte mon nez au sien, puis je l'embrasse tendrement.

— Alors, pourquoi tu es parti ?

Sa réponse compte sans doute plus pour moi que pour lui.

Il chatouille mes cuisses et je ris dans sa bouche.

— Tu dormais profondément, je ne voulais pas te réveiller.

J'inspire lentement, essayant de calmer ma respiration.

— C'est la seule raison ?

Il prend mon visage dans ses mains.

— Hier soir a été très intense. Je crois que j'avais besoin de temps pour y réfléchir.

Je l'aime plus que jamais d'avoir admis cela.

— Et alors ? je demande en le regardant dans les yeux.

Je mordille ma lèvre et il m'en empêche avec son pouce, prenant ensuite ma chair rose entre ses lèvres pour la soigner avec des coups de langue.

— Je pense que tu me fais du bien.

— J'espère bien ! je m'exclame en riant.

— Non, ma chérie, tu ne comprends pas. Hier soir était comme une épiphanie. Tu m'as sorti de mon enfer, comme d'habitude, mais cette fois-ci, je contrôlais la situation différemment. Je n'ordonnais pas à ton corps de m'obéir ou de me laisser me perdre en toi. Au lieu de cela, tu m'as ramené de mon cauchemar et tu m'as rappelé ce qui m'attendait dans la vie. Quand tu m'as demandé pourquoi je t'aimais, des millions de raisons me sont venues en tête, me faisant oublier toute l'horreur pour la remplacer par quelque chose de beau. Une chose réelle, vivante et sincère, mon amour pour toi.

Des larmes s'accumulent au coin de mes yeux.

— Ça a l'air d'être une bonne chose.

Il glousse et frotte son nez sur ma joue. Je tiens sa nuque, le serrant contre moi.

— C'est une très bonne chose. Puis, après hier, et la façon dont tu as géré Gin…

Il secoue la tête et ne finit pas sa phrase.

— Dis-moi, ça va. Je peux l'entendre. Souviens-toi, je suis assez forte pour partager ton fardeau. Ça l'allège.

Il soupire et approche sa bouche de mon oreille.

— Bébé, ils lui ont fait tellement de mal. Ils m'ont attaché et obligé à les regarder la violer un par un. Ils étaient si nombreux. C'était une destruction diabolique. Parfois, plusieurs la violaient en même temps, sanglote-t-il, alors que ses larmes trempent mon dos. Ils la ligotaient à une poutre, debout, et ils étaient deux à l'agresser en même temps. Elle criait si fort qu'ils scotchaient sa bouche, et son visage se couvrait de larmes et de morve. Parfois, elle finissait par s'évanouir de douleur, et je remerciais Dieu qu'elle ne soit plus consciente.

Wes hoquette et tousse dans mon cou. Ses larmes et ses émotions bloquent les mots qu'il essaie désespérément de faire sortir.

— Mon Dieu… Mia, ils la laissaient accrochée pour qu'on la voie. Le sang coulait sur ses jambes et formait une flaque à ses pieds. Parfois, j'espérais qu'ils la tuent, pour qu'elle n'ait plus à vivre ça. Ils l'ont violée tous les jours. Jour après jour, j'ai vu un morceau d'elle mourir. Je n'imagine pas de pire enfer, et Gina l'a vécu.

Il s'agrippe à ma taille, hanté par ses souvenirs. Je le serre aussi fort que possible, voulant lui donner ma force et ôter sa souffrance. Je suis surprise de sentir des larmes couler sur mes joues. Nous nous tenons l'un contre l'autre, libérant toute notre désolation, notre peur et notre chagrin. Wes s'appuie lourdement contre moi et je finis par me demander s'il dort. Sa respiration est profonde et régulière. Certains de mes doigts sont ankylosés, d'autres fourmillent de le tenir si fort, et je suis sûre que j'aurai la marque de ses ongles sur mes côtes. Je lève une main pour la passer dans ses cheveux, et au bout de quelques minutes, il pousse un grognement satisfait qui réveille instantanément ma libido.

— Tu crois que tu peux te lever ? je demande.

— Je préférerais m'appuyer sur toi toute ma vie, rétorque-t-il.

Je ricane et l'embrasse sur le front.

— Tu peux, mais pas quand on est assis dans le sable. On peut continuer dans la chambre ?

Son estomac gargouille, mettant en suspens mon projet de lui sauter dessus.

— Et si on continuait plutôt dans la cuisine ? Judi doit être en train de nous préparer quelque chose de spectaculaire.

Il me suffit de penser aux fameux petits déjeuners de Judi pour saliver. Je me lève à contrecœur et lui tends la main. Il la regarde un instant, lève les yeux vers moi, puis, une fois debout, il m'attire dans ses bras.

— Tu m'épates.

— Comment ça ? je ricane.

— Je te raconte quelque chose d'affreux, une chose qui me ronge profondément, et tu trouves un moyen de l'encaisser avec grâce. Je ne sais pas comment tu fais, explique-t-il en secouant la tête.

— C'est facile. Je sais que je peux me reposer sur toi. Je crois que c'est ce qui fait notre force. Tout le bien, le mal, et tout ce qui est laid peut devenir beau si on y fait face ensemble. Seuls, nous n'avons aucune chance, mais ensemble, on peut survivre à tout.

Il tire ma main et avance vers la maison.

— Je pense que tu as raison. Avec toi, Mia, tout est possible.

*

— Je ne suis pas sûr d'avoir compris. Tu dois trouver le thème du concept, l'écrire et le filmer avant vendredi ? demande Wes en mordant dans une gaufre.

— Mmm, Judi, tu es une déesse. Ces gaufres sont dingues ! je m'écrie en me léchant les doigts avant de reporter mon attention sur mon homme. Ouais, c'est ça. C'est fou, non ?

Il passe sa main dans ses cheveux et boit une gorgée de café.

— Un peu, mais ce n'est pas impossible. Tu as une idée de ce que tu veux faire pour le premier ?

Je prends une autre bouchée, la mâche et déglutis avant de répondre.

— Eh bien, étant donné que je n'ai pas trop de temps, je pensais faire le premier épisode sur les mères au foyer.

— Comment ça ?

Je replie mon pied sous mes fesses et dessine des formes invisibles sur la table.

— Je ne sais pas encore, mais je pensais à ces mères qui mettent tout de côté pour leurs enfants, leur carrière, leurs hobbies. C'est magnifique. La plupart sont bénévoles dans les écoles, dans les associations de parents d'élèves, les scouts, et elles conduisent les enfants à toutes leurs activités. Je trouve que c'est un boulot un peu ingrat, en fait. Leurs enfants apprécient forcément, et je suppose que leurs maris aussi, mais il y a un vrai stigmate accompagnant l'expression « mère au foyer », tu vois ce que je veux dire ?

Je bois mon café avant de le reposer.

— Comment t'est venue cette idée ? demande Wes en trempant sa gaufre dans une mare de sirop d'érable.

Un peu de gaufre, avec ton sirop, mon chéri ? Je me retiens de dire quoi que ce soit, car Wes fait ce qu'il peut pour reprendre du poids.

— Eh ben, quand j'étais avec Max et Cyndi, dans leur ranch, j'ai observé Cyndi. Elle faisait à manger, les courses, le ménage, elle s'occupait d'Isabel, le tout en étant enceinte. En plus de ça, elle était super-douée pour les travaux manuels. Elle ne se contentait pas de laisser sa fille devant la télé toute la journée, même si elle lui accordait une demi-heure par jour, mais elle passait du temps à fabriquer des choses comme des serre-tête et des nœuds.

— Des serre-têtes et des nœuds ? Pour quoi faire ?

— Tu es sérieux ? Tu es si macho que ça ? je rétorque en levant les yeux au ciel.

— Ben ouais, glousse Wes en désignant son torse.

— Ok, tu n'as pas tort, je réponds en me léchant les babines et en dévorant des yeux mon mec à moitié nu.

Miam.

— Ne me regarde pas comme ça, sinon tu ne finiras ni ton petit déj ni ton idée. Continue.

— Bref, elle fabriquait des choses qu'une petite fille de l'âge d'Isabel aime porter, et quand elle l'emmenait à la maternelle, elle les donnait aux parents de la part de Bell. C'était super-cool ! C'est une activité qu'elle a faite avec sa fille, et en plus elle a fait plaisir à quelqu'un en lui offrant un cadeau. Quand j'ai accompagné Cyndi à l'école pour la récupérer, un jour, toutes les petites filles portaient les nœuds ou les serre-tête d'Isabel.

— C'est super-cool, mais comment tu vas rendre ça assez intéressant pour donner envie au public de le regarder ?

— Eh bien… je me suis dit que tu pouvais peut-être m'aider ?

Il regarde par la fenêtre en mordillant un coin de sa lèvre inférieure. Ce type est vraiment magnifique. Je sais que les hommes n'aiment pas qu'on leur attribue cet adjectif, mais Wes l'est vraiment. Il est viril et sexy, bien sûr, mais il est magnifique, aussi. Je suppose que c'est mon amour pour lui qui me fait tout voir en rose.

— Et si tu suivais une mère avec une caméra ?

— Comme dans une émission de téléréalité ?

Il hoche la tête et je le vois réfléchir à toute vitesse.

— Trouve une mère que tu connais et qui fait quelque chose que tu décrirais comme étant beau. Pose-lui des questions, filme-la pendant sa journée pour montrer tout ce qu'elle fait pour les autres et montre la beauté que tu as vue au reste du monde. Le public du Docteur Hoffman va adorer, je parie qu'un bon pourcentage des spectatrices sont des mères au foyer. Les producteurs vont adorer.

— Tu veux bien travailler avec moi ?

Je bats des cils et retiens mon souffle. C'est la deuxième phase de mon projet pour le remettre sur pied. Bien évidemment, il ne s'agit pas d'un film pour Hollywood, mais c'est le même domaine, au moins.

Wes sourit et pose sa main sur la mienne.

— Si ça te fait plaisir, alors je veux bien.

— Ça me fait extrêmement plaisir. C'est génial !

Je me lève et fais une petite danse de célébration.

— T’es folle, tu le sais ça ? dit-il en riant.

Je continue de sautiller quelques secondes, puis je m’assieds sur ses genoux.

— Heureusement je suis ton genre de folle.

— C’est vrai. Et je ne changerais pour rien au monde.

Chapitre 7

Wes avait complètement raison. Le Docteur Drew Hoffman et ses cadres coincés adorent mon idée, qu'ils trouvent vraiment unique. Heureusement, d'ailleurs, car j'ai déjà filmé la mère que j'ai trouvée. Étrangement, ça a été le plus difficile. Je ne connais personne à Los Angeles en dehors de Wes et de sa famille, de mon ancien agent et de Tante Millie. Je n'avais donc pas la moindre idée de comment m'y prendre pour trouver une mère au foyer. Après tout, ce n'est pas comme si j'avais un enfant en bas âge, et

Cyndi, ma nouvelle belle-sœur, n'habite pas dans le coin.

Désespérée, je suis allée à la supérette du coin pour me remonter le moral avec un festin de cupcakes et de gâteaux, et mon caddie a percuté celui d'une femme avec un bébé attaché à sa poitrine et un enfant d'un ou deux ans en train de hurler dans son chariot. Je me suis excusée, puis j'ai entrepris de la suivre comme une psychopathe. Elle n'est pas super-jeune, trente-cinq ans, environ. Ses cheveux bruns sont relevés dans une queue-de-cheval, elle porte un legging noir un peu trop moulant sur les cuisses et des claquettes. Elle fait partie de celles qui adorent avoir les orteils qui brillent et ses ongles sont couverts de strass. Elle déambule dans le rayon jardin d'extérieur, et ses tongs claquent à chaque pas.

Elle étudie les fleurs et les plantes, tâtant la terre, lorsqu'elle a un geste qui me surprend. Elle sort sa bouteille d'eau de son sac à main géant, qui sert peut-être aussi de sac à langer, et elle la vide dans les pots. Elle enlève les feuilles jaunes des plantes avant de remplir sa bouteille à la fontaine, puis elle arrose les autres pots.

— Qu'est-ce que vous faites ? je demande en faisant mine de sentir les marguerites.

Mes narines ne détectent aucun parfum, mais peu importe, c'est ma couverture.

— Il leur faut de l'eau, sinon elles vont mourir. Et si on n'enlève pas les feuilles mortes de celle-ci, ça peut endommager toute la plante.

— Comment vous le savez ? Vous êtes jardinière, ou quelque chose comme ça ?

Elle secoue la tête et rougit légèrement.

— Non, je suis juste une mère au foyer.

Et nous avons une gagnante ! Ce sont les mots magiques que je rêvais d'entendre.

— Ah, et vous avez la main verte ?

Je lui parle d'une façon si familière que je m'attends à ce qu'elle m'ignore et tourne les talons, mais ce n'est pas le cas. Au contraire, elle semble ravie de parler d'un sujet qui lui plaît.

— Certains disent que mon jardin est presque aussi beau que celui de Martha Stewart[1], dit-elle en rougissant.

Son ton est à la fois fier et modeste, un compromis qui ne court pas les rues, dans cette ville.

— Ah oui ? J'adorerais le voir, je réponds.

Je décide de tenter ma chance et je passe la demi-heure qui suit à lui parler de mon projet. Dans un mail, le Docteur Hoffman m'a détaillé le budget qui est alloué à mon segment. Je pensais que c'était moi le budget, mais il s'avère que j'ai environ dix mille dollars à dépenser pour mes besoins de garde-robe, d'accessoires et autres. J'explique donc à la jeune mère que ma boîte de production la paierait quelques milliers de dollars pour nous autoriser à la suivre et à la filmer.

— Oh, c'est inutile de me payer ! Si ça peut aider d'autres mères à voir l'importance

1. Personnalité de la télé américaine qui a fait sa carrière en expliquant aux femmes comment créer un beau foyer pour sa famille.

d'élever ses enfants et d'être le cœur de son foyer, je suis ravie !

Waouh. Cependant, je sais que l'émission du Docteur rapporte une fortune à la chaîne, et j'ai le sentiment que sa famille aurait bien besoin d'un petit coup de pouce. Je m'assure donc que l'argent apparaîtra sur son compte peu de temps après que nous aurons filmé l'émission.

*

Une des choses que je préfère, dans ce nouveau job, c'est que je peux emmener mon mec au travail ! Je ne peux pas m'empêcher de sourire. C'est bien plus que du bonheur, je suis si folle de joie que j'ai du mal à me contenir lorsque nous arrivons à l'aube à la maison de Heidi et David Ryan. Wes m'a dit que si nous voulions la capturer dans son élément, il fallait commencer la journée en même temps qu'elle.

La maison est en stuc couleur terre cuite. Elle est à cinq mètres de la suivante, qui est la copie conforme, mais couleur sable. Toutes les maisons de l'impasse ont des tons de terre et d'ocre différents. Certaines sont à deux étages, d'autres de plain-pied, mais il est évident qu'elles ont toutes été construites par le même promoteur.

Nous sommes à Cerritos, une petite ville à environ trente-cinq minutes au sud de Los Angeles lorsqu'il n'y a pas de bouchons. Je sors de la voiture au moment où le jeune livreur de journaux jette le quotidien matinal depuis son vélo, visant parfaitement le perron des Ryan. Je lève mon pouce vers lui et il sourit en poursuivant sa tournée. Wes rit et me prend par les épaules.

— Allez viens, ma petite citadine.

— Je te rappelle que j'ai grandi dans le désert.

— Ils ne livrent pas les journaux à Vegas ?

— Pas chez moi ni dans mon quartier. On est sans doute tous trop pauvres. Chez toi le journal apparaît comme par magie sur la table tous les matins. On a un livreur à vélo ? je demande d'un ton plein d'espoir.

— Je ne crois pas, non. Il faut demander à Miss Croft, c'est elle qui gère ces choses. Mais je n'ai jamais vu de gamin monter la colline à vélo, ricane-t-il.

Déçue, je hausse les épaules avant de frapper à la porte couleur chocolat. David Ryan l'ouvre et nous regarde en fronçant les sourcils. Sa cravate pend autour de son cou, sa chemise n'est pas rentrée dans son pantalon et il est pieds nus.

— Euh, je peux vous aider ?

— On est là pour l'émission. Je suis bien chez Heidi Ryan, n'est-ce pas ?

Zut, peut-être ne suis-je pas au bon endroit ?

Derrière moi, la main de Wes ne quitte pas le creux de mes reins, et derrière lui se trouve Wayne, notre cameraman.

Heureusement, Heidi fait son apparition car David ne semble pas comprendre ce dont je parle.

— Mia ! Salut, entrez, entrez. Je pensais que vous viendriez plus tard !

David ouvre davantage la porte pour nous laisser entrer, et Wayne allume la caméra.

— Pas encore, je gronde. Laisse-moi leur parler pour m'assurer qu'on n'empiète pas trop sur leur intimité. N'oublions pas que nous sommes chez eux.

J'informe le couple de notre projet et je laisse Heidi en discuter seule à seul avec son mari. Lorsqu'ils reviennent, quelques minutes plus tard, il semble se tenir plus droit.

— Je suis désolé, dit-il. Heidi m'en a parlé hier soir, mais j'étais à l'ouest après une longue journée au tribunal.

— Est-ce que ça vous dérange que l'on commence maintenant ? Tout ne sera pas dans l'émission parce que la vidéo ne durera que quinze minutes, mais on aimerait des images de Heidi et de son quotidien, si ça ne vous gêne pas.

Il fait non de la tête, sourit, et ses yeux bleus s'illuminent.

Wayne allume la caméra et nous entrons dans la cuisine, où trois enfants sont assis autour d'une table pour six. Heidi cuit des œufs et du bacon en s'arrêtant de temps à autre pour beurrer des tartines. Les enfants ne semblent pas surpris de voir trois étrangers débarquer durant leur petit déjeuner.

— Wayne, filme-la aux fourneaux et en train de nourrir les enfants. Ensuite, on les laissera déjeuner tranquillement, d'accord ? dit Wes.

Heidi tourbillonne en peignoir, servant le petit déjeuner, donnant son biberon au bébé puis un biscuit sablé. Elle se déplace avec une grâce surprenante, comme une danseuse étoile. Soudain, deux sachets en papier apparaissent sur la table, l'un pour son mari, l'autre pour son fils aîné. Elle pose son cartable à côté de son repas, et elle donne un thermos de café à David, qui laisse son assiette sur la table pour aller finir de se préparer.

Lorsque père et fils sont partis, Heidi nettoie la cuisine et fait la vaisselle, et ce n'est que lorsque tout est propre qu'elle mange une tranche de pain grillé, sans beurre ni confiture. Elle prépare un festin pour sa famille, mais elle grignote du pain et une gorgée de café.

— Je dois préparer Lynndy et Lisa pour les emmener à l'aire de jeux. Elles ont rendez-vous avec des copines.

Nous passons le reste de la journée à suivre Heidi et je découvre que sa vie est épuisante. Je dois avouer qu'elle ne me donne pas envie de créer tout de suite ma propre famille, mais de son côté Wes est admiratif devant son efficacité et son altruisme. Il s'assure que Wayne capture les plus belles images, les moments de tendresse entre elle et ses enfants ou elle et son mari, avec un enthousiasme auquel je ne m'attendais pas.

Lorsque nous rentrons chez les Ryan après avoir récupéré le fils aîné à l'école, Heidi s'assied pour faire ses devoirs avec lui. Mon Dieu, les maths au CE2 sont un casse-tête ! Heureusement que Wes pourra s'occuper de ce genre de chose avec nos enfants !

Oups. Est-ce que je viens d'envisager d'avoir des enfants avec mon surfeur réalisateur, sans paniquer ? Waouh. Je suis dans le pétrin. Je n'avais jamais pensé à avoir des enfants… tout court. Cependant, à en croire le regard joyeux de Wes lorsqu'il tient le bébé, il a clairement l'intention d'avoir des enfants. Bon sang, si je ne fais pas attention, je vais me retrouver mariée et en cloque avant la fin de l'année.

Wes lève la tête alors que je le regarde jouer avec le bébé. Ses yeux ont la couleur des plus belles émeraudes. Les bébés le rendent heureux, en effet. Mince, je pourrais lui en faire un, rien que pour qu'il me regarde avec autant d'amour et d'envie. Je secoue la tête et me concentre sur le travail. Ce genre de conversation doit avoir lieu après les galipettes, quand on est d'humeur romantique et amoureuse.

Lorsque les deux plus jeunes enfants sont au lit pour la sieste et que l'autre est parti à vélo chez un copain, Heidi nous emmène dans son jardin. Lorsqu'elle ouvre la porte, je suis bouche bée. Je suis face à un lieu magique, décoré de petites statues d'ange, d'une fontaine et de fleurs par milliers. Mon Dieu… il y a des fleurs partout, en terre, en pots, sous les arbres, de couleurs et de formes variées.

— Waouh, chuchote Wes. C'est magnifique.

Heidi l'entend et sourit jusqu'aux oreilles.

— Merci. Laissez-moi vous faire une visite guidée. Le jardin est en ovale pour qu'on puisse en faire le tour. Il n'est pas immense mais… c'est ce qu'on peut se permettre, et je l'adore.

Wayne nous filme côte à côte alors qu'elle m'explique ses méthodes et ses choix. Elle me montre un grand panier contenant deux paires de gants et deux sécateurs. J'enfile gaiement les miens, puis nous faisons le tour du jardin et nous arrêtons devant des rosiers de couleurs différentes.

— C'est incroyable, Heidi, je dis en sentant les fleurs.

Elle me montre celles que je peux prendre et où les couper. Lorsque nous avons deux douzaines de tiges, nous continuons jusqu'à un autre coin pour couper des « vivaces », comme elle dit. Elle m'apprend que l'une, d'un violet éclatant, est un Cleome Speciosa.

— C'est un nom sacrément compliqué pour une fleur si délicate.

— Les apparences sont souvent trompeuses !

Des couinements retentissent dans le babyphone glissé dans sa poche arrière et nous nous arrêtons. Elle porte l'objet à son oreille et je retiens mon souffle, je ne sais pas pourquoi.

Comme il n'y a pas de nouveau bruit, elle remet le babyphone dans sa poche et poursuit.

— Celles-ci sont des Clochettes d'Irlande, dit-elle en coupant quatre longues tiges. Tu vois ce beau vert chartreuse ? Ce sera superbe avec les roses jaunes et roses. Sens ça, ajoute-t-elle en l'approchant de mon nez.

Un parfum doux et frais titille mes sens.

— Hmm, ça sent la menthe !

Lorsque nous avons arpenté tout le jardin, nous rentrons avec nos paniers pleins de ce que je considérais jusqu'à présent comme de l'herbe. Elle les pose sur la table de la cuisine et nous apprend, à moi et au public, comment couper les épines et les tiges pour que les fleurs durent le plus longtemps possible. Elle ouvre ensuite un tiroir et en sort du papier kraft et des élastiques multicolores. Elle enveloppe les fleurs dans le papier et fixe le bouquet avec l'élastique, puis elle prend du ruban et recouvre les caoutchoucs.

— Qu'est-ce que tu vas faire avec ces fleurs ? je demande en me disant que je pourrais peut-être les rapporter à Miss Croft.

— Eh bien, chaque semaine, j'apporte quelques bouquets à la maison de convalescence au bout de la rue. Il y a des patients là-bas qui n'ont pas de famille, et un simple bouquet leur remonte énormément le moral.

Waouh. Je sens que je vais battre des records d'audience. J'ai rencontré des personnes très bien, cette année, mais aucune n'est comme Heidi Ryan. À la fin d'une longue journée, je me tourne vers elle alors qu'elle est dans les bras de son mari, devant leur maison. Face à la caméra, il la serre contre lui et l'embrasse sur la joue avant de lui demander ce qu'il y a à dîner. « Ce que tu décideras de cuisiner ! » répond-elle en riant.

Tout sourires, je me tourne vers Wayne et m'adresse à la caméra.

— Merci, Heidi Ryan, de nous avoir ouvert la porte de ta maison et de nous avoir donné un aperçu de ta vie de mère au foyer. Ton jardin est époustouflant. Tu mérites vraiment le titre de Super-Maman. Ce que tu accomplis chez toi avec ta famille, et dans ta communauté, est exemplaire. L'équipe du Docteur Hoffman et moi-même te félicitons pour tout ton travail. Je suis Mia Saunders et je vous retrouve la semaine prochaine pour un autre épisode de *Vivre en Beauté.*

*

Je passe la journée suivante avec Wes et l'équipe de montage, à sélectionner les meilleures images jusqu'à ce que nous ayons ce qu'il faut pour tenir quinze minutes. Wes est génial. C'est lui qui dit au monteur de zoomer sur certains plans, les mains potelées de Lynndy, le bébé, qui essaie d'attraper sa mère, la manière dont David regarde sa femme comme s'il n'y avait qu'elle, ou encore les yeux pleins de fierté de Heidi lorsqu'elle observe Lisa à l'aire de jeux.

Wes m'explique pourquoi ces petits moments sont des pépites et pourquoi ils feront toute la différence. Lorsque nous visionnons la version finale, je découvre qu'il a raison, même si je ne doutais pas de lui, après tout, son métier est d'écrire des scripts et de faire des films. Un segment de quinze minutes pour une émission télé est du gâteau pour lui, or il s'y attelle avec la même énergie qu'un film à plusieurs millions de dollars. Je l'observe et l'admire, et je tombe un peu plus amoureuse de lui à chaque seconde qui passe.

Le bruit d'une porte qui claque nous fait tous sursauter. C'est Drew Hoffman qui entre dans le studio de montage avec fracas, sans se soucier des trois personnes qui sont concentrées sur l'écran. Une brindille blonde est collée à lui. Ses seins énormes débordent de son débardeur en dentelle et je suis sûre qu'il suffirait qu'elle se penche un peu trop pour qu'un téton fasse une apparition.

— Bonjour, Docteur Hoffman. On est en train de finir le segment pour le montrer à votre équipe ce soir.

— C'est pour ça que je suis là, chérie.

La blonde plonge sa main dans les cheveux du Docteur et se lèche les lèvres.

— Ooh, j'aime ta nouvelle nana, elle est sexy. On dirait un gâteau d'anniversaire, avec toutes ses courbes. On peut jouer avec elle, Doc, s'il te plaît ? ronronne la jeune femme en secouant sa poitrine.

Wes se tourne brusquement sur sa chaise et se lève.

— Excusez-moi, on se connaît ?

Drew écarquille les yeux et sourit en le reconnaissant.

— Weston Channing, troisième du nom, le célèbre scénariste. Qu'est-ce qui vous amène ici ?

Wes fait un mouvement de tête vers moi et passe un bras autour de ma taille.

— Vous avez embauché ma fiancée, dit-il.

Euh… sa fiancée ? Je regarde mon annulaire dépourvu de bague, ce que Wes remarque en grimaçant.

— Votre fiancée ? Mia…

Il ouvre la bouche et la referme, comme s'il pesait ses mots.

— Génial ! s'exclame la blonde. Mon Dieu, j'adore vos films, vraiment ! Je les adore ! Et vous êtes canon ! ajoute-t-elle en gigotant contre le Docteur, faisant bondir ses nichons énormes.

Elle n'a pas le moindre gramme de graisse sur elle et je suis sûre qu'en la secouant trop fort, j'entendrais ses os s'entrechoquer.

— Je m'appelle Brandy, au fait, mais ça s'écrit normalement – B-R-A-N-D-Y.

Normalement ? Parce qu'il y a d'autres moyens de l'écrire ? Je soupire et je serre Wes plus fort contre moi. Il masque son rire en toussant dans sa main, il me connaît trop bien.

— Mon Dieu ! On devrait dîner ensemble tous les quatre, entre couples ! Ce serait genre…

Elle enroule une mèche autour de son doigt et je réalise que ses cheveux sont des rajouts. Je lève les yeux au ciel en attendant qu'elle finisse sa phrase.

— … je sais pas… ce serait ouf !

Heureusement, Brandy et le Docteur Hoffman sont trop occupés à mater Wes pour m'entendre grogner.

— Je suis désolée mais, si vous voulez la vidéo ce soir, on doit se remettre au boulot. Wes me file un coup de main parce qu'il a un peu de temps libre.

Hoffman ouvre la bouche et se crispe visiblement.

— C'est vrai, j'ai lu dans le journal que… c'est terrible ce qui vous est arrivé à vous et cette actrice, dit-il en secouant la tête alors que mes poils se hérissent. Vous avez survécu à un mois de captivité avec Gina DeLuca, c'est ça ? La moitié de votre équipe a été tuée par des terroristes ? Des sauvages, si vous voulez mon avis.

Il semble sincère, mais ça ne calme pas ma colère. Bon sang, les choses se passaient si bien !

— Euh, ouais. Je suis content d'être rentré. Ravi de vous avoir rencontrés, Docteur Hoffman, Brandy, dit Wes en leur serrant la main. Hélas, on doit se remettre au travail, conclut-il en se rasseyant.

Le technicien lui donne un casque et il se concentre sur l'écran. Je fais un signe de la main aux deux intrus et me rassieds avant de remettre un casque à mon tour. J'entends le Docteur Hoffman dire quelque chose, puis la porte se referme, nous laissant dans notre monde de mères au foyer.

Je pose la main sur le dos raide de Wes, sentant la tension émaner de lui par vagues. Il tressaille tout d'abord, mais lorsque je le caresse et lui pose des questions sur tel ou tel détail à l'écran, il se détend de nouveau. Lorsque nous présentons la vidéo aux producteurs, ils l'adorent tout de suite. Nous retournons dans le studio pour récupérer nos affaires, et nous traversons le labyrinthe de Century Productions pour rentrer à la maison.

Je pensais que nous avions évité la catastrophe. Hélas, je me suis fourré le doigt dans l'œil.

Chapitre 8

Nous avions réussi à ne pas croiser la presse toute la semaine. La seule fois que Wes a quitté la maison, c'était pour m'accompagner chez les Ryan, et on savait qu'on n'y croiserait jamais de paparazzis. Hélas, quelqu'un chez Century Productions – le Docteur, les producteurs ou Brandy « écrit normalement » – les a alertés. Sans doute ont-ils pensé que ce serait bon pour leur image de capturer Wes sortant de leurs bureaux avec la nouvelle associée d'Hoffman. Cela explique pourquoi lui et sa femme sont devant la porte lorsque nous partons. Nous avons à peine mis le nez dehors que nous sommes aveuglés par des centaines de flashs.

J'ai déjà affronté des paparazzis quand j'étais avec Anton à Miami, mais c'étaient des mecs bidonnants qui tenaient leur appareil avec leurs gros doigts et qui prenaient un million de clichés par minute dans l'espoir de capturer la pire photo du Latin Lover pour leur magazine people.

Wes et moi sommes face à une marée de photographes et de reporters.

— Weston, ça fait quoi d'être détenu par des terroristes ?

— Où êtes-vous blessé ?

— Vous avez ressenti quoi en voyant Trevor mourir devant vous ?

— Ils ont fait du mal à Gina, votre copine ?

— Qui est Mia Saunders pour vous ?

Le Docteur Hoffman approche de la foule avec sa femme qui, en l'espace d'une seconde, a raccroché son rôle de bimbo stupide pour endosser celui de top model superstar. Wes et moi sommes derrière eux, cherchant une issue de secours.

— Voilà, calmez-vous. Notre ami Monsieur Channing et sa fiancée, Mademoiselle Saunders, méritent un peu de tranquillité après ce qu'ils ont vécu, vous ne pensez pas ? Ayez un peu de décence, voyons.

Fiancée ? Toute la foule répète le mot à haute voix. Ce n'est pas ainsi que j'avais prévu d'annoncer à tout le monde que j'épousais Wes. Je n'ai même pas encore de bague, bon sang !

— Docteur Hoffman, Docteur Hoffman, est-ce que Monsieur Channing et Mia parlent de leur traumatisme dans votre émission ? demande un journaliste.

Le Docteur sourit jusqu'aux oreilles. Quel enfoiré, il adore l'attention des médias et je suis certaine que c'est lui qui a tout organisé.

— Mia est employée par mon émission. Elle va désormais présenter un segment spécial tous les vendredis. Vous devriez regarder parce que c'est génial, notamment parce que son fiancé l'a aidée à le réaliser.

— C'est vrai, Monsieur Channing ? Vous reprenez déjà le travail alors que la plupart des membres de votre équipe ont été tués ?

Ça suffit. Je saisis la main de Wes et plonge dans la horde de photographes, les poussant de part et d'autre en courant aussi vite que possible. Des paparazzis nous suivent et j'ai du mal à voir où je vais. Je fonce néanmoins vers le parking où Suzi m'attend, je saute dessus, démarre et fais vrombir le moteur. Wes me met mon casque et s'accroche à ma taille.

— Ne rentre pas à la maison. Roule, Bébé. Roule aussi longtemps que possible.

Ce type est l'homme de ma vie.

*

La nuit suivante, Weston me réveille avec un cri strident. Lorsque j'allume la lumière, je le trouve haletant, les yeux noirs, les narines dilatées, grognant comme un animal. Il me dévisage comme si j'étais son prochain repas et qu'il n'avait pas mangé depuis des jours, voire des semaines.

— Wes…

J'enlève ma nuisette et la laisse tomber à mes pieds. Je ne mets plus de culotte depuis qu'il fait ses cauchemars, puisqu'il les déchire avec une telle violence que ma peau en est irritée. Dans ces moments, l'homme que j'aime n'est pas lui-même.

Il n'avait pas fait de mauvais rêves depuis deux jours et je me doutais que cela reviendrait, mais j'espérais avoir un peu plus de répit.

— Besoin de toi, grogne-t-il.

— Pourquoi ?

Je titille mes tétons, pour lui plus que pour moi, même si, bien sûr, ce n'est pas désagréable. Mes cheveux sont lâches et tombent en cascade dans mon dos et sur mes épaules, comme il les aime. Sa mâchoire est serrée et je crois entendre un fredonnement dans sa gorge, comme un signal d'alarme.

— À moi, râle-t-il.

— Non, mauvaise réponse. Dis-moi pourquoi tu m'aimes.

— Je t'aime, dit-il rapidement.

Wes me dit qu'il m'aime des dizaines de façons différentes, doucement, tendrement, d'une voix désespérée ou passionnée, mais jamais froidement. Je ne peux pas accepter ça. Ce monstre enragé n'est pas l'homme que j'aime, c'est sa réplique. L'homme de ma vie est encore enfermé dans une cabane en Asie.

— Non. Pourquoi tu m'aimes ? je répète en faisant le tour du lit pour m'approcher de lui sous son regard noir.

— Parce que tu fais tout disparaître ?

Cette fois, son ton désespéré m'anéantit, c'est déjà un progrès. La sueur coule sur son front, sur son cou et sur son torse jusque sur ses abdos finement sculptés.

— Qu'est-ce que je fais disparaître ? Après tout, tu ne souffres pas en ce moment, n'est-ce pas ? Pas ici, dans notre lit.

Il secoue la tête en fronçant les sourcils.

— Wes ? J'ai l'air blessée ?

Il faut qu'il voie la vérité, qu'il se reconnecte avec la réalité. Il promène son regard sur ma peau nue. Ses yeux sont pleins de désir mais aussi de reconnaissance, comme s'il revenait lentement à moi. J'ai fait mon boulot, je l'ai ramené à la maison.

— Non. Tu as l'air parfaitement baisable, grogne-t-il.

Sa vulgarité me fait frissonner et mon sang s'embrase, mais je dois rester forte et atteindre mon but avant de lui sauter dessus.

— Et pourquoi tu veux me baiser ?

— Parce que tu représentes tout ce qui est bon et beau dans ce monde. Près de toi, j'arrive à respirer, dit-il d'une voix rauque.

Ma poitrine se resserre et mes larmes menacent de couler, mais je reste ferme. Pour lui. Pour moi. Pour nous.

— Et pourquoi peux-tu respirer près de moi ? Est-ce que c'est parce que tu es en sécurité à la maison ? Dans notre lit ?

Mes paroles semblent résonner en lui, car il cligne plusieurs fois des yeux et ses iris redeviennent verts.

— Mia, ma chérie, viens ici, susurre-t-il avec ce ton que j'adore.

Je me déhanche avant de m'agenouiller sur le lit et de ramper jusqu'à lui, remontant le long de ses jambes pour le chevaucher.

— C'est pour moi, ça ? je demande en prenant sa queue dure dans la main.

— Tu sais bien que oui, dit-il en souriant.

Un sourire ? Déjà ? Tu as fait du bon boulot, Mia. Bravo.

— Et que veux-tu que j'en fasse ? je demande en prenant une voix niaise.

Je me lèche les lèvres, hésitant à prendre son sexe dans ma bouche ou entre mes cuisses.

Je m'attendais à une réponse sur le même ton, mais il reste silencieux et passe ses mains dans mes cheveux. Ensuite, il pose une main sur ma joue et caresse ma tempe en plongeant son regard dans le mien.

— Tu vas m'aimer. De la manière que tu veux et aussi longtemps que tu le veux, jusqu'à ce que tout disparaisse. Car c'est ce que tu fais, Mia. Tu es tout pour moi. Tu enlèves tous mes souvenirs horribles et tu les remplaces par des moments joyeux.

— Fais-moi l'amour, je chuchote.

— Bon sang, j'ai cru que tu ne me le demanderais jamais.

Je ris alors qu'il plaque sa bouche sur la mienne, et mes rires se transforment en gémissements, puis en cris de plaisir qui durent jusque tard dans la nuit.

*

Bzzz. Bzzz. Bzzz.

Je dégage ce que je prends pour un moustique et je me blottis contre Wes.

Bzzz. Bzzz. Bzzz.

Bon sang. J'ouvre lentement les yeux et regarde l'heure. Il est cinq heures du matin ! Wes et moi n'avons dormi que deux heures depuis la fin de notre marathon de sexe. Le téléphone finira par cesser de sonner, non ?

Non.

Bzzz. Bzzz. Bzzz.

Les gens normaux mettent leur téléphone en silencieux, la nuit, ou bien ils le mettent à charger dans une autre pièce. Quelle idiote, il n'y a que moi pour dormir avec cet engin à côté de la tête. On dirait un essaim d'abeilles, bon sang. Je m'étire autant que possible et je tends le bras pour ne pas avoir à me lever. Je saisis mon portable et je le prends avec moi sous la couette.

Wes me serre fort contre lui, comme toujours après ses cauchemars. C'est comme si mon corps était un bouclier pour lui, et plus j'essaie de m'éloigner, plus il resserre son étreinte. Cependant, comme je ne veux pas dormir sans lui, je me suis habituée à sentir sa chaleur contre moi.

— Allô ? je marmonne dans le micro.

— Mia, sucre d'orge, il est là ! s'exclame la voix hystérique de Max. Il est tellement grand ! Mon fils est une brute ! Regarde ton téléphone, ma chérie, je t'ai envoyé des photos.

Je ris en me frottant les yeux et j'ouvre les douze photos de Max. Wes bouge à côté de moi et il enlève la couette de ma tête avant de coller son visage au mien et de regarder mon téléphone. Sa barbe naissante gratte ma joue et je fredonne en regardant chaque photo.

— C'est Max ? demande Wes.

Ma gorge se noue, assaillie d'émotions quand je regarde le bébé Jackson. Cependant, ce n'est pas l'adorable petit géant potelé qui m'émeut. C'est l'étiquette qui est collée sur son berceau de la maternité. Maxwell et Cyndi nous font un merveilleux cadeau, à ma sœur et moi, un cadeau qui nous unira à ce petit être toute sa vie.

Prénom : Jackson

Deuxième Prénom : Saunders

Nom de famille : Cunningham

Poids : 4,850 kg

Taille : 57,15 cm

— Max… je chuchote.

Wes retrace les lettres de l'étiquette sur l'écran et m'embrasse sur la joue.

— Ton frère est un bon gars, murmure-t-il alors que je regarde toujours l'écran.

— Le meilleur, je réponds avant de ramener le téléphone sur mon oreille.

— Tu l'as vu ? Tu as vu ta surprise ? demande Max avec tant de fierté et d'amour que je pleure de plus belle.

Je me lèche les lèvres et essuie mon nez sur le drap, heureusement Miss Croft les change régulièrement, même si c'est surtout parce qu'elle sait qu'on passe notre temps à faire l'amour.

— Max, je ne sais pas quoi dire.

— Oh, sœurette, tu n'as rien à dire, à part qu'il est parfait.

Je regarde la petite tête de Jackson et la touffe blonde qui forme un halo au-dessus de lui.

— Il l'est, Max. Il est parfait. Quant à son nom… merci.

Max soupire dans le téléphone.

— Mia, tu ne peux pas savoir combien je suis heureux que Maddy et toi soyez dans ma vie. J'étais si perdu après la mort de mon père… j'ai découvert que j'avais deux sœurs et… donner votre nom à notre fils était un des moyens que nous avons trouvé pour vous montrer que vous êtes dans nos vies pour de bon. Vous êtes mes sœurs et Saunders fait partie de vous. Je veux que rien ne nous sépare. C'est ma façon de vous le montrer.

— Je t'aime, Max. Tu es le meilleur grand frère du monde, et Jackson Saunders Cunningham est un nom génial. Il est fort et beau comme son père, et j'ai hâte de le voir.

— Oui et bien à ce propos, Cyndi et moi avons pensé que vous pourriez peut-être venir au ranch pour Thanksgiving ? Si… tu ne travailles pas ?

Thanksgiving. Les fêtes de fin d'année. Je n'y avais pas pensé, mais c'est vrai que ça approche. Quelles seront les exigences de l'émission ? S'ils me gardent en novembre, et c'est un grand si, je pourrais peut-être boucler mon segment en deux jours afin d'avoir le temps d'aller au Texas pour un vrai Thanksgiving en famille. Cela dit, Wes voudra peut-être qu'on le passe avec sa famille ? Mince, je ne sais pas, ce sont des décisions qu'on prend à deux, non ?

— Euh, ça a l'air chouette, mais je ne te fais aucune promesse, d'accord ? Il faut que j'en discute avec Wes et que je voie ce qui va se passer avec l'émission. Je peux prendre le temps d'y réfléchir ?

Max éclate d'un rirc tonitruant qui résonne dans le téléphone.

— Bien sûr, sucre d'orge. Il faut que tu en parles à ton mec et à Maddy, je suppose qu'elle devra voir ça avec la famille de Matt aussi, mais ce sont des gens bien, peut-être que je vais les inviter aussi.

— Eh, doucement, frérot, tu viens d'avoir un bébé. Cyndi n'a peut-être pas envie d'une maison pleine de gens un mois à peine après avoir accouché.

Cela me semble important, mais je n'ai pas la moindre idée de ce qu'implique un nouveau-né. Pourtant, dans les séries ou les films, les premiers mois ont l'air épuisants.

— C'est elle qui l'a proposé ! répond-il.

— Alors, dis-toi que c'est la grossesse qui parlait. Profite de Jack et continue de m'envoyer des photos, surtout. Je veux que ma boîte mail déborde de clichés du plus beau bébé au monde.

— Tu peux y compter ! répond Max d'un ton joyeux.

Si seulement je pouvais voir combien il est heureux et le prendre dans mes bras pour le féliciter en direct. Je déteste être aussi loin de lui !

— Passe le bonjour à Cyndi et félicite-la de ma part ! Ce garçon est énorme ! Presque cinq kilos, la vache !

— Eh, c'est de famille. Papa a dit que je pesais cinq kilos, moi aussi. Toi et ton mec feriez mieux de faire gaffe, dit-il en riant.

— Tu es affreux, je retire tout ce que j'ai dit de bien sur toi.

— Mais non, tu ne le penses pas. Je suis content que la surprise te plaise. Je t'aime, sœurette.

Revoilà les larmes, zut !

— Je t'aime aussi, Maximus ! Prends soin de toi.

— Ça marche. Rendors-toi. Qu'est-ce que tu fais au téléphone à cette heure-ci, de toute façon ?

Je n'ai pas le temps de répondre, car il raccroche. Mince, d'abord c'est Gin, et maintenant c'est Max qui remporte la bataille téléphonique ? Je ne suis pas en forme, on dirait.

Je soupire alors que deux bras musclés me retournent, et je me blottis contre Wes qui caresse mes cheveux en fredonnant.

— Ta famille va bien ?

— Ouaip. Cyndi va bien, le bébé a un nom génial, et je suis tatie pour la deuxième fois.

— Alors, tu ressens quoi ? marmonne Wes.

Sa voix me paraît très lointaine, tout à coup. La fatigue a fini par prendre le dessus, on dirait. J'ai beau vouloir crier ma joie au monde entier, je glisse rapidement dans un sommeil profond.

— C'est… c'est parfait.

Chapitre 9

Une assistante m'ouvre la porte du bureau de Leona Markham, producteur exécutif de l'émission. Elle paraît jeune, mais je sais que pour avoir un poste aussi important que le sien, elle doit avoir au moins quarante ans, or je lui en donnerais à peine trente. Ses cheveux sont épais, bruns, bouclés, et ils tombent sur ses épaules, mettant en lumière ses yeux noisette. Sa jupe blanche est si moulante qu'elle la colle comme une seconde peau. Depuis la pointe de ses Louboutin à celle de ses cheveux brillants, il est évident que cette femme prend le temps de s'occuper de son corps, et il le lui rend bien. La vache, elle est superbe. Avec un peu de chance, je serai comme elle à son âge.

Je m'assieds tandis qu'elle observe ma tenue. Je porte une jupe droite, un débardeur en soie et des sandales à talons compensés. Comme on n'enregistre pas aujourd'hui, j'ai laissé les escarpins à la maison. D'ailleurs, Wes et moi venons tout juste de finir le montage du dernier segment de *Vivre en Beauté*, qui traite d'une caserne à l'est de Los Angeles qui recueille des chiots abandonnés pour les dresser à aider les handicapés mentaux, physiques et les blessés de guerre. Les pompiers s'en occupent à tour de rôle et leur enseignent à ramasser des objets, ouvrir les portes, chercher de l'aide, prévenir en cas de danger ou d'obstacle, mais surtout, à donner de l'amour. En deux jours, ils m'ont montré comment leurs chiens changent la vie des gens chez qui ils sont placés. C'est donnant-donnant pour tout le monde.

— Mademoiselle Saunders, commence-t-elle.

— Appelez-moi Mia, je vous en prie, je dis en souriant.

— Merci, Mia. Dans ce cas, appelez-moi Leona.

Je hoche la tête et attends de savoir ce que je fais là. Avant qu'elle ait dit quoi que ce soit d'autre, la porte s'ouvre avec fracas et le Docteur Hoffman entre, accompagné de Shandi, son assistante. Les entrées bruyantes semblent être sa spécialité.

— Je suis désolé d'être en retard, Shandi et moi passions en revue les notes de Mia et de Monsieur Channing à propos des pompiers et de leurs chiots.

Je lève les yeux au ciel en entendant l'arrogance avec laquelle il prononce le nom de Wes. Bien évidemment, Leona observait ma réaction, pas celle du Docteur. Elle sourit en coin et je ris timidement.

— Mia, chérie, le segment…

Il porte sa main à sa bouche et baise la pointe de ses doigts, comme le ferait une mama italienne.

— … est superbe. Brillantissime. Je savais, je savais que tu avais ta place dans l'émission. J'avais tort, Leona ?

Elle se rassied derrière son énorme bureau, appuie ses coudes dessus et joint ses mains sous son menton.

— Non, tu avais raison. D'ailleurs, c'est pour ça que nous vous avons convoquée aujourd'hui, Mia.

Avant de poursuivre, elle appuie sur deux boutons de son téléphone.

— Miss Milan, vous êtes là ?

La voix de ma tante émerge du haut-parleur.

— Je suis là. Merci de m'avoir appelée. Alors, que me vaut ce plaisir ?

Cette fois-ci, je baisse la tête et respire profondément pour ne pas ricaner. Je ne suis pas habituée à entendre ma tante parler de façon aussi professionnelle.

— Je voulais vous parler, à toutes les deux, ainsi qu'au Docteur Hoffman, car nous avons une proposition à vous faire.

Wes m'avait prévenue que cela pourrait arriver. Je retiens mon souffle, essayant de ne pas me faire de faux espoirs. Bon sang, j'espère que ce n'est pas un faux espoir ! Je me tiens plus droite et j'attends.

— Au cas où vous ne le sauriez pas, l'émission n'a jamais eu autant de succès. Après le premier segment de Mia, notre audience avait augmenté de vingt-cinq pour cent. Nous nous sommes dit que c'était dû au contenu, bien sûr, mais peut-être aussi parce que vous et Monsieur Channing étiez dans les médias. La curiosité de la presse à propos de sa captivité et le suspense autour de la sortie de son film auraient pu expliquer le succès de la première émission de *Vivre en Beauté*. Toutefois, la seconde émission a rajouté dix pour cent à l'audience quotidienne, ça fait cinq millions de spectateurs supplémentaires.

— Humm, alors qu'est-ce que ça veut dire, concrètement ?

Je ne veux pas avoir l'air bête, mais ce pourrait être beaucoup, ou bien ça pourrait vouloir dire qu'ils n'ont pas autant de spectateurs qu'ils l'espéraient.

Leona recule dans son fauteuil et ouvre grand les yeux en secouant la tête.

— Ça veut dire que quand vous êtes à la télé, Mia, quinze millions de spectateurs vous regardent, alors qu'il n'y en a que neuf ou dix millions quand ce n'est que le Docteur Hoffman.

— Waouh !

Le Docteur me regarde en souriant jusqu'aux oreilles et s'assied dans le fauteuil à côté de moi. Il claque des doigts et désigne une commode couverte de bouteilles d'alcool. Shandi s'éloigne immédiatement pour lui préparer un verre.

Sans le vouloir, je grogne en secouant la tête.

— Quoi ? demande-t-il sans comprendre.

— Vous vous adressez à votre assistante en claquant des doigts ? C'est honteux ! je réponds avant de croiser le regard de Leona. Pardon, j'aurais dû me taire.

— Non, vous avez raison, répond-elle en riant. C'est honteux, en effet. Hélas, ça fait partie de son charme, heureusement pour lui.

Drew rouspète sans perdre son sourire tandis que Shandi lui tend un rhum-Coca.

— Merci, ma chère, lui dit-il.

La pauvre fille a l'air ravie.

Pressée de retrouver mon homme dans la salle de montage, où il m'apprend le nécessaire pour savoir créer une belle histoire, je frappe mes mains sur mes cuisses pour attirer leur attention.

— Il y avait autre chose ?

— Vous êtes pressée ? demande Leona en souriant.

Je pourrais mentir, mais Wes m'apprend également qu'on gagne toujours à être honnête.

— Oui, un peu. Wes attend dans le studio. On doit finir le segment pour vendredi.

— Je suis certaine qu'il aura autant de succès que les autres. Vous êtes toujours là, Miss Milan ?

— Absolument, répond ma tante. Vous avez de la chance que j'aie de la paperasse à faire pendant que vous discutez gentiment entre vous. Peut-on en venir au but, s'il vous plaît ? J'ai beaucoup de travail.

Elle parle de manière directe et j'aime beaucoup ça, chez ma tante. Quand elle est en mode affaires, elle ne mâche pas ses mots et ne perd pas une seconde.

— Eh bien, dit Leona en souriant, venons-en au fait. Votre audience et celle de l'émission augmentent de façon exponentielle, et évidemment, nous voulons que ça continue. Donc, Century Productions et le Docteur Hoffman sont décidés à vous offrir une plus grande place dans l'émission. Vous continuerez vos segments hebdomadaires, mais à partir de novembre, nous aimerions que vous soyez plus présente.

— Comment ça ? demande Millie.

— Eh bien, nous pensions d'abord que Mia pourrait apparaître aux côtés du Docteur, car elle attire un public plus jeune. Je ne dis pas que tu es vieux, Drew, mais tu as vingt ans de plus qu'elle. Cela redonnerait un coup de jeune à l'émission que Mia donne son avis sur certains sujets, ou si elle interviewait de jeunes artistes et des célébrités.

— Doc, ça ne vous pose pas de problème ? Si ce que Leona dit est vrai, vous me laisseriez une place dans l'émission alors que vous n'en avez jamais cédé auparavant. Vous êtes sûr que c'est ce que vous voulez ?

J'ai beau vouloir bondir de joie comme une gamine hystérique, je ne dois pas oublier que je travaillerai avec quelqu'un qui est seul à la télé depuis longtemps. Peut-être que ça ne lui plaît pas, et si c'est le cas, ça ne marchera pas, il passera son temps à me mettre des bâtons dans les roues.

Drew se penche et prend ma main dans les siennes. Est-ce déplacé ? Oui, complètement. Est-ce typique de son personnage ? Absolument.

— Mia, chérie, c'était mon idée.

Je regarde Leona qui hoche la tête.

— Pourquoi ? je demande, confuse.

Il tapote ma main et recule dans sa chaise.

— Eh bien, je ne rajeunis pas. Je ne suis pas un vieillard, mais il y a encore des choses que je voudrais accomplir. J'aimerais par exemple passer plus de temps avec ma femme. Après tout, vous l'avez vue, vous ne pouvez pas m'en vouloir, dit-il en jouant des sourcils. Et puis, ça fait trop longtemps que j'ai quitté le milieu médical. Je reçois toujours ma clientèle de célébrités, mais je sens que je suis rouillé. Si d'ici six mois, vous pouvez endosser plus de responsabilités dans l'émission, je pourrais être consulté sur des cas spéciaux, étendre ma clientèle, et cætera. Tout le monde serait gagnant, et vu la star que vous êtes en train de devenir… il n'y a pas de limite à votre succès, ma belle.

Bon sang, je déteste que ce type m'appelle ainsi. Je sais que c'est censé être un compliment, mais chez lui, ça sonne toujours libidineux.

— Si, et c'est un grand « si », Mia est intéressée, il va nous falloir des chiffres. Je veux que ses horaires, ses déplacements et son salaire me soient détaillés. Il ne reste plus qu'une semaine en octobre, dit Millie que l'on entend toujours tapoter sur son clavier. Mia avait commencé à prendre des engagements pour novembre et décembre, donc si vous voulez qu'elle ait le temps d'y réfléchir, il va me falloir votre proposition d'ici demain.

Je fronce les sourcils et dévisage le téléphone, comme s'il pouvait clarifier les conneries que

Millie vient de dire. Je sais que je n'ai aucun engagement avec elle, parce que je lui ai dit qu'après ce mois-ci, je ne serais plus escort. Je trouverai bien un moyen de rembourser Max. On vient de me proposer une place dans une émission quotidienne, c'est le job de mes rêves ! Je ferme les poings sous la table, espérant que Millie sait ce qu'elle fait et qu'elle ne va pas tout foutre en l'air. Je dois lui faire confiance. Elle m'a aidée à arriver où je suis, je n'ai aucune raison de penser qu'elle n'a pas mes intérêts en tête.

Leona penche la tête sur le côté, comme si elle réfléchissait.

— Très bien. Je vais demander à mon équipe de s'y mettre tout de suite. Vous aurez la proposition d'ici demain en fin de journée.

— Excellent. Alors s'il n'y a rien d'autre, je vais vous dire au revoir. Mia, ma poupée, je t'appelle ce soir.

— Merci Ta… euh… Miss Milan.

Ils n'ont pas besoin de connaître notre petit secret.

— Je peux retourner au travail ? je demande dès que ma tante a raccroché.

Leona se lève en souriant et me tend la main.

— J'espère que je pourrai bientôt vous féliciter de faire officiellement partie de la famille Century Productions.

Je souris jusqu'aux oreilles en lui serrant la main. Arrivée à la porte, je me tourne vers les trois paires d'yeux qui m'observent.

— Vous savez, cette année a été la plus étrange et la plus surprenante de ma vie. Mais ce n'est qu'ici, aujourd'hui, que j'ai l'impression d'être au bon endroit d'un point de vue professionnel. Je crois que je suis à ma place. Merci de m'avoir aidée à trouver ma voie.

Leona range une boucle derrière son oreille et hausse un sourcil.

— Alors maintenant, la question est de savoir si tu penses que ta place est avec nous, dans cette émission ?

Je vois sa mâchoire se contracter et je devine que ma réponse est importante.

— Pour l'instant, oui, je le crois. J'ai hâte de me mettre au travail !

Je hausse les épaules, ouvre et referme la porte derrière moi, puis je sautille vers l'ascenseur qui me ramène vers Wes et le segment sur lequel nous travaillons ensemble. Il va être fou de joie quand je vais lui annoncer la bonne nouvelle. Je reste à Malibu, j'ai une offre d'emploi et, un jour, j'épouserai l'homme de mes rêves. En dix mois, je suis passée de rien à tout. C'est incroyable.

*

Wes est on ne peut plus heureux pour moi. Nous fêtons cela en buvant trop de champagne, en faisant l'amour sur la plage où nous commençons chaque journée par une session de surf, et en titubant dans notre grand lit, couverts de sable et de sel.

Durant la nuit, Wes fait un cauchemar, seulement cette fois-ci, sa réaction est différente.

Je le sens se réveiller brusquement, mais il ne crie pas. Néanmoins, je connais la routine par cœur, alors je me prépare à me lever pour le faire doucement revenir à la réalité et l'aimer de toute mon âme, jusqu'à ce que sa tête ne soit remplie que par nous et notre amour.

Cependant, ce soir, il m'empêche de sortir du lit en me tenant par la taille de toutes ses forces. Je sens son érection contre mes fesses et, sans réfléchir, je me frotte contre lui. Il siffle et je sens son souffle sur mon oreille.

— Chérie, je vais bien, dit-il d'une voix ferme.

— Tu m'aimes ? je demande, comme d'habitude.

Cela a toujours marché, mais quelque chose a changé, c'est comme si le script de notre routine avait été réécrit. Wes baisse le bras et empoigne mon sexe. Je mouille immédiatement lorsqu'il plonge deux doigts en moi et je gémis.

— Bébé… tu m'aimes ?

Il mord mon épaule, et ma bretelle tombe sur mon bras.

— Oui. J'aime chaque foutu millimètre de ton corps. J'aime te baiser. Je t'aime, putain, grogne-t-il en enfonçant un troisième doigt en moi.

Je me cambre et tends le bras pour saisir sa nuque.

— Où es-tu, Bébé ? je demande, déjà perdue dans un brouillard de désir.

— En toi, répond-il en léchant ma gorge.

Son autre main saisit ma gorge et, tout à coup, il enfonce mon visage dans le matelas et retire ses doigts. Je pousse un grognement frustré, car s'il répond à mes questions, son ton et sa façon de faire ne sont pas habituels. Il empoigne mes hanches et me soulève pour me mettre à genoux, les fesses en l'air. Il enfouit brusquement sa grosse verge en moi et un cri de douleur m'échappe, car même s'il n'a pas complètement ignoré les préliminaires, je suis loin d'être prête.

— Je vais te baiser toute la nuit, chérie. J'en ai besoin. J'ai besoin de ta chatte. Il fait si sec, l'air est si sec, je n'arrive pas à respirer, dit-il en accélérant ses va-et-vient brutaux. Tu es mon oasis dans ce trou à rats, murmure-t-il en mordant mon dos si fort que je crie de nouveau.

Mon sexe est écartelé, mais son gland touche ce point qui m'excite. Chacun de ses allers-retours l'aide à combattre ses démons et me rapproche un peu plus de l'orgasme.

— Sors-moi d'ici, chérie. Emmène-moi avec toi, supplie-t-il.

C'est trop, la pression, les picotements, la précision avec laquelle il frappe ce point… Je ne peux pas empêcher la réaction de mon corps. Je jouis à contrecœur et ma chatte se contracte autour de lui. Cependant, il ne s'arrête pas et il n'atteint pas l'orgasme. Il continue de me baiser et me fait jouir encore et encore, obnubilé par son besoin de me procurer du plaisir, sans jamais trouver le sien.

Après mon quatrième orgasme, je m'écroule sur le matelas, mais il serre mes hanches plus fort.

— Non ! J'ai besoin de toi ! J'ai besoin que tu fasses tout disparaître, sanglote-t-il.

Je puise en moi pour trouver une énergie que je ne pensais pas avoir, et je recule les fesses contre lui, m'empalant sur sa queue. Il essaie de rabattre mon buste sur le matelas, mais je l'en empêche. Il tombe sur les fesses et j'en profite pour me tourner vers lui et le chevaucher. Mes genoux sont sur ses cuisses et mes mains sur ses biceps, le clouant au lit. Heureusement, il est fatigué et me laisse faire. Les larmes coulent sur ses joues et il secoue la tête de gauche à droite. Sa peau est couverte de sueur.

— Regarde-moi ! je gronde en collant mon visage contre le sien.

Il écarquille les yeux et, comme je le suspectais, ses pupilles sont noires et dilatées. Il est coincé dans son souvenir.

— Wes ! je crie. Reviens-moi, j'ordonne en l'embrassant sur la bouche pour lui donner mon amour et la stabilité dont il a besoin.

Peu à peu, il participe davantage et, enfin, ses doigts plongent dans mes cheveux pour tenir ma tête. Nos bouches ne sont qu'à quelques millimètres l'une de l'autre.

— Mia… tu es mon paradis, chuchote-t-il.

— Wes…

Je l'embrasse, déversant tout mon amour dans mon baiser.

— Ne m'oublie pas, Wes. Bébé, ne nous oublie pas, je gémis alors qu'il ouvre grand les yeux.

Je ne vois plus que des cercles verts, vibrants comme de l'herbe fraîchement coupée.

— Rien ne me ferait t'oublier, Mia… nous oublier. Tu es toute ma vie. La seule raison que j'ai de me battre, c'est toi… mon paradis à moi.

— Bébé, je t'aime, je sanglote.

— Mon Dieu, Mia, te dire que je t'aime ne suffit pas.

Il décide alors de me dire avec ses lèvres ce qu'il ne sait pas communiquer avec ses mots.

Merci. Il embrasse mon front.

Merci. Il embrasse mes pommettes.

Merci. Il embrasse mon cou.

Merci. Il embrasse ma bouche.

Il répète ces gestes jusqu'à ce que tout disparaisse autour de nous. Nous sommes comme sur une île, en sécurité, blottis dans un nid fait de notre amour. Rien ne peut briser notre paradis. Rien.

Chapitre 10

L'immeuble immense est affreusement prétentieux. Des hommes et des femmes d'affaires, vêtus de tenues qui coûtent sans doute plus cher que ma moto, se précipitent dans les ascenseurs. Wes tient ma main si fort que je dois l'obliger à me lâcher pour ne pas bloquer la circulation dans mes doigts. Nos paumes sont moites et collantes. Nous traversons le hall jusqu'aux ascenseurs où j'étudie l'annuaire avant d'appuyer sur le bouton pour le septième étage.

— Qu'est-ce qu'on fait là ? soupire Wes en s'adossant à la paroi.

— Tu sais bien, chéri. Le moment est venu, je dis en me blottissant contre lui.

— Mais je vais très bien, grogne-t-il.

Je penche la tête sur le côté et me déhanche en le regardant dans les yeux.

— Ah bon ? Tu veux vraiment qu'on en reparle ? Hier soir, c'est moi qui avais une main sur la gorge et qui étais plaquée sur le matelas pendant que l'homme que j'aime faisait ce qu'il voulait de ma chatte.

Les narines de Wes se dilatent et il grince des dents.

— Tu sais que je ne te ferai jamais de mal.

Je me rapproche de lui et prends son visage dans mes mains, l'obligeant à me regarder.

— Pas volontairement, non. Mais ce n'est pas toujours à côté de toi que je me réveille. Parfois, c'est l'homme qui se bat pour survivre, qui a regardé une femme à qui il tient se faire violer tous les jours. L'homme qui, depuis un mois, utilise le sexe comme un pansement pour recouvrir le trou sans fond qu'est devenu son cœur. Bébé…

Wes me serre dans ses bras.

— Je fais ça pour toi. Parce que je ne supporte pas l'idée de te faire du mal. Je ne veux plus jamais revivre ce qui s'est passé hier soir. C'est ignoble. Je ne sais même pas comment tu fais pour me regarder, et encore moins pour être à mes côtés. Je suis tellement égoïste, bon sang. Je ferai tout ce que je peux pour que tu restes. Ne me quitte pas Mia, s'il te plaît.

J'expire tout l'air de mes poumons et l'embrasse sur le cou.

— Je ne te quitterai jamais.

La sonnette de l'ascenseur retentit et les portes s'ouvrent. Nous sortons main dans la main, ensemble mais blessés. Hier soir était la fois de trop. Nous ouvrons la porte en verre dépoli sur laquelle on peut lire « Anita Shofner, Psychologue ». La réceptionniste lève la tête et son visage s'illumine.

— Euh, nous avons rendez-vous avec le Docteur Shofner.

Elle sourit et me donne une feuille.

— Tenez, remplissez ça. Le Docteur sera avec vous dans… environ quinze minutes, dit-elle en regardant la pendule qui affiche quinze heures quarante-cinq. En général les sessions finissent cinq minutes avant l'heure.

Je hoche la tête et guide Wes vers un fauteuil, où je l'aide à remplir le relevé d'informations, même s'il est parfaitement capable de le faire seul. La tension qu'il dégage est palpable. Je frotte son bras alors qu'il agite son genou, plus anxieux que jamais. Je l'ai connu dans des environnements très différents, mais jamais il n'a eu l'air aussi mal à l'aise.

— Eh, ça va aller. Je serai là avec toi. Si après quinze minutes, tu es toujours mal à l'aise, on partira, d'accord ?

Il inspire et expire lentement.

— D'accord. Ça va. C'est juste que… J'ai l'impression que parler de ce que j'ai vécu va faire ressurgir les souvenirs de manière encore plus violente.

— C'est peut-être le cas, mais au final, ça devrait t'aider à tourner la page et à guérir. Comme ça, tout ça sera dans le passé, et plus dans le présent.

Je ne sais pas vraiment ce que je dis, car je ne sais pas ce qu'une psy spécialisée en syndromes de stress post-traumatique peut faire pour lui. Toutefois, tous ceux à qui j'en ai parlé me l'ont conseillée en disant qu'il fallait qu'il se fasse aider. Je pensais que c'était une bonne idée de lui rappeler toutes les nuits où nous nous aimons et où je suis là pour lui, mais peut-être que ça fait partie du problème. Tout ce que je sais, c'est que ce qui s'est passé hier soir était grave. Je ne veux pas avoir peur de m'endormir à côté de l'homme que j'aime.

La porte s'ouvre, et je suis surprise de voir Gina DeLuca sortir du cabinet. Elle ne nous a pas encore remarqués, mais quand Wes la voit, il ferme les poings, écrasant ma main dans la sienne. Gina parle à voix basse en s'essuyant les yeux avec un mouchoir. La femme avec elle caresse son épaule avant de la prendre dans ses bras. Une psy qui console et fait des câlins à ses patients ? C'est ce qu'il me fallait pour savoir que nous sommes au bon endroit. Elle travaille avec amour et compassion, et c'est ce dont mon mec a besoin.

Gina se retourne et s'arrête brusquement. Ses yeux brillants s'illuminent et elle sourit jusqu'aux oreilles.

— Weston, tu es venu.

Elle secoue la tête et ouvre les bras. Il va vers elle comme s'il était en pilote automatique et la serre contre lui. Je suis saisie d'une vague d'irritation en le voyant la toucher, et je ferme les poings à mon tour, luttant contre la jalousie ridicule qui s'empare de moi chaque fois que je croise l'actrice. Je sais que c'est absurde, mais je n'y peux rien.

Wes recule, et Gina me fait un signe de la main.

— Alors tu as enfin écouté mes conseils et décidé de voir le Docteur Shofner ? C'est super. Elle fait des miracles pour moi. Appelle-moi plus tard dans la semaine si tu veux parler de…

Ses épaules s'affaissent et son air joyeux disparaît.

— … de ce sur quoi elle veut que tu travailles. Non pas que tu aies besoin d'aide mais, euh…

Elle tripote ses mains nerveusement.

— Bref. Bonne chance. J'espère qu'elle t'aidera autant qu'elle m'a aidée.

Elle tourne les talons et part à grandes enjambées vers la porte. Ma jalousie est vraiment déplacée, cette femme est brisée dans tous les sens du terme et elle a besoin de Wes parce qu'il est son ami. Ils ne partagent rien d'autre qu'un traumatisme.

Wes me regarde du coin de l'œil, d'un air triste et plein de remords.

— Tu ne pouvais pas l'ignorer, Wes. Allons voir ce fameux docteur, d'accord ?

Il ferme les yeux et hoche la tête. Nous nous tournons vers la psy, qui tient la porte ouverte.

— Vous devez être Weston Channing et Mia Saunders. Entrez, je vous en prie.

Nous entrons dans son bureau et sommes accueillis par un parfum de bougie à la vanille. Un mur entier est couvert d'ouvrages médicaux, mais aussi de romans et d'œuvres classiques.

Durant les mois que j'ai passés chez Alec et Warren, j'ai eu beaucoup de temps pour lire. Ils étaient tous deux d'avides lecteurs, et je me suis découvert une passion pour les classiques. Je n'avais jamais pris le temps de lire *Les Grandes Espérances*, de Dickens, ou encore *Roméo et Juliette*, or grâce à eux j'ai pu m'échapper à une époque où les choses auraient dû être plus simples, mais ne l'étaient pas. Finalement, quel que soit le siècle, tout tourne autour de l'amour et de la peur de l'inconnu.

Le bureau du docteur est dans le fond de la pièce. Il est énorme, en merisier, avec des pieds arrondis et des bords sculptés. Il a l'air si lourd que je ne serais pas surprise qu'il faille plus de deux hommes pour le soulever. À droite, il y a une table basse entourée par deux fauteuils et un canapé blanc et doré. Le tout est douillet et accueillant.

— Asseyez-vous, je vous en prie, dit le Docteur Shofner en désignant le canapé.

Wes m'y guide et, une fois que je suis installée, il s'assied à côté de moi. Quand je dis « à côté », je veux dire qu'il est pratiquement sur moi. Il serre ma main et la pose sur ses cuisses avant de la recouvrir avec son autre paume. Le docteur remarque son geste, mais elle ne dit rien. Wes n'est vraiment pas dans son assiette.

La psy choisit un des fauteuils bordeaux, croise les jambes et appuie son menton sur ses phalanges. Ses cheveux blond vénitien sont relevés dans un chignon élégant et elle porte des lunettes en écaille de tortue. Son pantalon de tailleur bleu foncé est large, et elle l'a assorti à un chemisier beige avec un col bénitier. Elle a l'air professionnelle mais amicale. Un pendentif en forme de cœur pend de son bracelet doré et je m'imagine que c'est un cadeau de quelqu'un qu'elle aime, un mari ou un enfant peut-être. Je regarde autour de moi et, d'où je suis, j'aperçois en effet une photo de famille sur le guéridon à côté de son fauteuil. Encore un point pour elle, sa réputation, l'aide qu'elle apporte à Gina et le fait qu'elle ait une famille me laissent penser qu'elle peut guérir Wes de son traumatisme.

— J'ai cru comprendre que vous étiez ici parce que vous avez du mal à vous remettre d'une expérience tragique, dit-elle en nous regardant tour à tour.

Je hoche la tête, mais Wes ne bouge pas d'un iota.

— Et ce traumatisme affecte votre couple ? demande-t-elle.

— Oui, je déclare fermement.

Les épaules de Wes se crispent lorsqu'il parle.

— J'ai failli violer Mia hier soir. J'étais coincé dans mon rêve. Je ne veux plus jamais faire ça ou risquer de lui faire du mal. Je l'aime. On a prévu de se marier. Vous pouvez me guérir ? s'empresse-t-il de demander avant d'attendre la réponse du docteur.

— Eh bien, j'espère pouvoir aider…

— Il ne m'a forcée à rien et il ne m'a pas fait de mal, je précise. J'ai surtout été surprise que ses terreurs nocturnes ne prennent plus la même forme. Je ne sais plus trop comment le ramener.

Le docteur lève les mains, paumes tournées vers nous.

— Waouh, doucement. Terreurs nocturnes, routines, viol, mariage… Ralentissons un peu.

Monsieur Channing… Weston… je peux vous appeler Weston ?

Wes hoche la tête.

— D'accord, Weston. Je sais qui vous êtes. Je lis la presse et je crois savoir ce que vous avez subi.

Bien évidemment, Gina lui a déjà raconté ce qui s'est passé.

— Vous avez vécu une expérience que personne ne devrait connaître. Vous avez survécu à votre captivité, mais elle ne doit pas définir qui vous êtes.

Elle recule dans son fauteuil et soupire lentement.

— Maintenant, ce qu'il nous faut faire, c'est parler de votre expérience. Vous devez la revivre en me la racontant, même si c'est difficile. Nous pouvons faire cela seuls ou avec Mia. C'est vous qui décidez.

Wes me regarde, puis il baisse les yeux.

— Pour aujourd'hui, elle reste. Mais peut-être que la prochaine fois, quand on… euh… parlera des détails, on pourrait faire ça seuls. C'est possible ?

Il adresse sa question à la psy, mais c'est moi qu'il regarde.

Après tout ce qui s'est passé, il cherche encore mon approbation. Il ne comprend pas que je veux seulement qu'il aille mieux. Je souris et serre sa main plus fort.

— D'accord, alors puisque Mia est là aujourd'hui, pourquoi ne parlerions-nous pas de ce qui s'est passé cette nuit.

Je suis sur le point de dire qu'il ne faut pas en faire tout un plat, mais Wes pose un doigt sur ma bouche.

— Chérie, ce qui s'est passé est inadmissible. J'ai peur de dormir à côté de toi, cette nuit. C'est pour ça que j'ai accepté de venir ici. Je suis prêt à tout.

Je baisse donc la tête et écoute cet homme fort, l'amour de ma vie, parler à une inconnue de notre nuit cauchemardesque.

— J'ai souvent des terreurs nocturnes et Mia a trouvé un moyen de me ramener à la réalité.

— Et quel est ce moyen ? demande Shofner en prenant des notes dans son calepin.

Wes rougit et ouvre la bouche avant de la refermer. Sa timidité est adorable. Il lève une main et frotte sa nuque en secouant la tête.

— On fait l'amour, je réponds pour lui éviter toute gêne supplémentaire.

— Et comment est-ce que ça le ramène à la réalité ?

— Je ne sais pas, exactement. Au début, il est très en colère. Il est en nage et ses pupilles sont complètement dilatées. En général, il sursaute en criant, et je dois le réveiller en allumant la lumière, parce qu'il se débat dans le lit.

Le docteur note tout et attend patiemment que je poursuive. Je regarde Wes pour m'assurer qu'il ne veut pas prendre le relais, mais il me fait signe de continuer.

— Parfois, je devine qu'il est encore là-bas.

— Là-bas ?

J'enroule une mèche autour de mon doigt, réfléchissant à ma réponse.

— Dans la cabane, enchaîné au mur, assis dans mes excréments, déclare-t-il.

Je recule dans le canapé, espérant qu'il va prendre la suite.

— Puis, c'est comme si j'entendais les questions de Mia à travers un épais brouillard, ou de très loin.

Il fronce les sourcils et regarde ses pieds, concentré sur ses chaussures bateau.

— Quelles questions ?

Il hausse les épaules, mais ne lève pas la tête.

— Si je l'aime, où je suis, ce genre de choses. D'habitude, ça m'aide à revenir. Le truc, c'est que je suis… euh… vous voyez…

Il désigne son entrejambe, gêné, alors qu'il devrait être fier de son sexe et de toutes les choses merveilleuses qu'il me fait !

— Dur ? Prêt à copuler ? propose le docteur sans le moindre sous-entendu dans sa voix.

— Oui ! s'exclame-t-il avant de fermer les yeux. Je veux dire, oui, répète-t-il à voix basse. Mon Dieu, c'est tellement gênant.

— Pas du tout, Wes, je murmure en frottant son épaule.

— Ça ne l'est vraiment pas, Weston. C'est une réponse naturelle à la peur. Après ce que vous avez traversé, parce que vous avez eu si peur de mourir, il est normal que vous cherchiez du réconfort et de l'amour auprès de votre partenaire. Je n'y vois pas de problème. En revanche, quelque chose a dû changer, sinon vous ne seriez pas ici.

Wes hoche la tête et ferme si fort la bouche que ses lèvres deviennent blanches. Il lâche ma main, se lève et fait les cent pas derrière le canapé en regardant par la fenêtre.

— J'aurais pu lui faire mal. Je l'ai empoignée à la gorge et je l'ai saisie entre les jambes. C'est ce qu'ils ont fait, eux ! Ils ont fait ça à Gina ! s'exclame-t-il en se tirant les cheveux. Et j'ai essayé de le faire à Mia ! Mon Dieu, qu'est-ce qui ne va pas chez moi ?

Le docteur est debout et auprès de lui avant que je n'aie réalisé ce qu'il venait de dire. Elle lui chuchote quelque chose et le ramène sur le canapé.

— Weston, parfois, quand on est coincé dans une terreur nocturne, l'esprit recrée des événements extraordinaires pour les réécrire. Ce qui s'est passé cette nuit est peut-être le moyen qu'a trouvé votre cerveau pour supporter ce que vous avez vu là-bas. Mia, pensez-vous que Weston essayait de vous faire du mal ?

Je secoue vigoureusement la tête.

— Non, pas du tout. Dès que j'ai crié son prénom, il a semblé se réveiller, mais je crains qu'on ait régressé hier soir. On espère de tout cœur que vous pourrez l'aider à aller mieux.

Je me rapproche de Weston, qui a l'air misérable, recroquevillé dans son coin du canapé. Dès que j'arrive à ses côtés, il passe son bras autour de mes épaules et enfouit son visage dans mon cou.

— Mon Dieu, j'ai tellement de chance de t'avoir. Mia, Bébé…

Je caresse sa joue et regarde le Docteur Shofner dans les yeux.

— Je sais. On va s'en sortir. Ensemble.

*

Durant la dernière semaine d'octobre, Wes consulte le Docteur Shofner trois fois par semaine – c'est lui qui l'a voulu. Elle lui a dit qu'il aurait besoin d'un suivi sérieux pour entamer sa guérison. L'autre nouveauté, ce sont les petits cachets blancs qu'il prend tous les soirs avant de se coucher et qui l'aident à dormir. Apparemment, Wes a demandé à sa psy de lui prescrire quelque chose qui l'assommerait.

Nos baises nocturnes me manquent, mais pas leur cause. Par ailleurs, nous pouvons désormais dormir six ou sept heures d'affilée et après une semaine de sommeil paisible sans que j'aie à m'inquiéter d'être agressée, Wes et moi sommes transformés pour le mieux. Le monde semble à notre portée, et nous allons en profiter. Enfin.

Nous nous levons tôt le matin, faisons l'amour, puis nous allons surfer. Ensuite, je vais au travail ou bien dans la chambre d'amis qui est devenue mon bureau, et Wes file à la salle de sport, reste à la plage ou bouquine dans le salon. Il ne parle toujours pas de son film presque fini ni de la possibilité qu'il écrive de nouveaux scénarios. Selon lui, nous pouvons vivre toute notre vie sans nous soucier d'avoir assez d'argent, et nous vivrons quand même très confortablement. Toutefois, moi, ça ne me suffit pas, ce n'est pas l'argent qui m'inquiète, mais Wes et sa passion. Lui et sa psy devront en parler tôt ou tard, mais pour l'instant, il n'y a que sa guérison qui compte.

Un des seuls effets indésirables d'avoir Wes à la maison est que je trouve souvent Gina sur le canapé ou sur la terrasse avec lui. Ces jours-là, Judi fronce les sourcils dès que j'ai passé la porte, comme si j'autorisais mon homme à foutre en l'air notre couple. Ce qu'elle ne comprend pas, c'est que rien ne peut nous séparer. Est-ce que j'aime voir Gina DeLuca, la femme avec qui il a couché pendant plusieurs mois ? Non. Mais le docteur m'a expliqué qu'ils doivent se voir pour s'aider à guérir. Donc, je serre les dents et je ne dis rien. Je supporterais n'importe quoi, du moment que ça aide Wes à aller mieux.

C'est la fin du mois et une nouvelle aventure m'attend. Je vais apparaître auprès du Docteur Hoffman deux fois par semaine, en plus du segment que je présente le vendredi. Néanmoins, le plus excitant, c'est bien évidemment que Ginelle arrive aujourd'hui, et j'ai hâte ! Je suis la plus chanceuse au monde de pouvoir habiter à quelques mètres de ma meilleure amie.

J'entends la voiture s'arrêter devant la maison et je me lève d'un bond, quittant la terrasse en courant. J'entends Wes expliquer à Gina ma réaction bizarre.

— Sa meilleure amie de Las Vegas va emménager dans notre maison d'amis, dit-il quand je glisse sur le parquet en voulant m'arrêter alors que je suis en chaussettes… de Noël.

J'ouvre la porte en grand et découvre ma meilleure amie sur le perron, le poing levé, prête à frapper.

— Qu'est-ce que tu fous là, espèce de cochonne ? je m'exclame en ouvrant grand les bras.

— Mon Dieu, tu schlingues ! s'exclame-t-elle en reniflant mes cheveux et en me serrant aussi fort que possible. Tu n'as jamais entendu parler d'une douche ?

Elle recule, pose ses mains sur mes joues et m'observe en souriant.

— Tu as l'air… en forme, pour une traînée. Bon sang, ton gros cul m'a manqué. Tu sais à quel point c'est dur d'attirer l'attention d'un mec sur mon petit cul ferme quand tu n'es pas à côté de moi pour servir de faire-valoir ? dit Gin, les yeux brillants.

— Pauvre de toi ! Je te défends de chialer !

Je l'attire encore une fois dans mes bras, prête à l'insulter de nouveau, quand j'entends Wes se racler la gorge. Je me tourne en souriant jusqu'aux oreilles et lui présente Gin.

— Wes, Bébé, voici ma meilleure amie, Ginelle. Gin, je te présente Weston Channing, troisième du nom, j'ajoute en ricanant.

— Je suis ravi de te rencontrer enfin, dit-il en lui tendant la main.

Ginelle ne dit rien. Elle est bouche bée, les yeux grands ouverts.

— Waouh, je viens de mouiller ma culotte. Zut, je n'en ai pas mis. Je viens de mouiller ma culotte invisible !

Je ferme les yeux, mortifiée. Wes éclate de rire, puis il saisit le bras de Ginelle et l'accueille avec un câlin. Elle se met tout de suite à se frotter à lui, et avec n'importe qui d'autre, je serais furieuse, mais comme elle le fait pour m'agacer, je fais mine de ne rien remarquer.

— Ok, ok, le câlin a assez duré, je gronde en tirant Gin par le bras.

Elle s'accroche à la chemise de Wes comme une sangsue.

— Trouve-t'en un, tu veux ? je siffle.

— T'es vraiment une amie minable. Tu te tapes Malibu Ken et tu n'as pas une petite poupée pour moi ? marmonne-t-elle en croisant les bras.

C'est alors que Gina fait son apparition, son sac dans la main. Gin voit son corps magnifique, ses dents parfaites, ses vêtements, et elle la désigne en me regardant.

— C'est qui ça ? Barbie Brune ?

J'éclate de rire, mais je m'arrête en voyant Gina froncer les sourcils. Elle ne mérite pas ça.

— Ginelle, je te présente Gina DeLuca, l'amie de Wes.

Gin écarquille les yeux et je devine tout de suite que ça va mal se passer.

— Tu veux dire cette salope…

Je plaque ma main sur sa bouche, mais elle continue de déblatérer des injures, défendant mon honneur en se débattant contre moi. Je pèse quelques kilos de plus qu'elle, je suis plus grande et j'ai passé des années à la maîtriser.

— Euh, c'était cool de vous voir, mais Gin est fatiguée. La route était longue. Je vais lui montrer sa chambre.

Je la traîne vers la porte et, dès que nous sommes dehors, elle me pousse en arrière.

— À quoi tu joues ? Cette garce est là, à jouer la bonne copine, alors qu'il se la tapait il y a à peine quelques mois ? J'arrive pas à croire que tu la laisses entrer chez toi. T'es folle, ou quoi ?

Je soupire et la tire jusque chez elle.

— Non, je ne suis pas folle, et je vais tout t'expliquer, mais il va nous falloir une bonne dose d'alcool.

J'ouvre le bar que j'ai demandé à Judi de remplir.

— Ta nouvelle maison te plaît ? je demande à Gin, dont le regard s'illumine en voyant toutes les bouteilles.

Elle balaie la pièce du regard, découvrant le studio qui a une petite cuisine, un salon, une chambre séparée et une salle de bains. C'est parfait pour une femme qui cherche à reprendre sa vie en main.

— C'est plus grand que ce que j'avais à Las Vegas, tu es sûre que tu veux que j'habite ici ? Tu sais que ce qui vient de se passer pourrait se reproduire à tout moment ?

Elle secoue la tête pour me faire savoir qu'elle n'est pas désolée du tout, mais Gin s'excuse rarement de qui elle est.

— Je sais, et je t'aime comme tu es. Mais il faut qu'on parle pour que tu saches comment gérer certaines situations.

Je lui tends une vodka-cranberry et nous nous asseyons sur le canapé. Je lui raconte tout ce que je sais, et, lorsque j'ai tout dit, nous bâillons toutes les deux. Je ne m'attendais pas à ce que ce soit aussi cathartique. En même temps, je me suis confiée à quelqu'un qui m'a connue toute ma vie et qui ne me juge jamais. Gin est toujours là pour moi, et maintenant, je suis là pour elle. Peut-être pourrai-je la convaincre de voir Anita Shofner, elle aussi ? Je lui en parlerai plus tard.

— Alors, ça va aller ici ?

— Mia, j'avais vraiment besoin de changement. Il était temps de laisser tout ça derrière moi, le boulot merdique, ce sentiment d'inutilité, la distance avec toi, cette ville dans laquelle j'ai toujours vécu. Le temps de l'aventure était venu. Je suis prête à découvrir ce qui va m'arriver ici, en Californie.

— Eh bien, si j'ai appris une chose, cette année, c'est qu'il faut faire confiance à la vie, je dis en désignant mon pied.

Elle sourit en regardant le tatouage qui est devenu mon slogan personnel.

— Il y a des salons de tatouage dans le coin ? demande-t-elle en jouant des sourcils.

— Oui, je crois bien !

Je hoche la tête, lui propose mon bras et attends qu'elle le prenne. J'ai oublié ma fatigue dès qu'elle a mentionné l'idée de se faire tatouer. Je n'en reviens pas qu'elle soit ici, avec moi, prête à commencer une nouvelle vie. Cette fois, je serai là pour l'aider.

— Alors, montre-moi le chemin, dit-elle en désignant la porte.

— Eh bien oui, cette fois, c'est moi qui te guide.

Je le pense. J'ai passé dix mois à faire ce qu'on me disait, à aller ici et là, à prétendre être quelqu'un que je n'étais pas, et j'en ai assez de suivre les autres. Dorénavant, mon destin est entre mes mains.

À propos de l'auteur

Audrey Carlan vit dans la belle California Valley ensoleillée, à deux heures de la ville et de la plage, au milieu des montagnes et des vignes merveilleuses. Elle est mariée à l'amour de sa vie depuis plus de dix ans et elle a deux jeunes enfants qui méritent tous les jours leur titre de « monstres en folie ». Lorsqu'elle n'écrit pas des histoires d'amour érotiques, qu'elle ne fait pas du yoga ou qu'elle ne sirote pas un verre de vin avec ses « âmes sœurs » – trois voix uniques et incroyablement différentes dans sa vie –, on la trouve plongée dans un livre. Plus précisément, un roman chaud et plein d'amour !

Elle apprécie tous vos retours, alors n'hésitez pas à la contacter aux adresses ci-dessous.

E-mail : carlan.audrey@gmail.com
Facebook : facebook.com/AudreyCarlan
Site web : www.audreycarlan.com

PAPIER À BASE DE FIBRES CERTIFIÉES

Le Livre de Poche s'engage pour l'environnement en réduisant l'empreinte carbone de ses livres. Celle de cet exemplaire est de :
250 g éq. CO_2
Rendez-vous sur
www.livredepoche-durable.fr

Composition réalisée par Lumina Datamatics

Imprimé en France par CPI
en septembre 2018
N° d'impression : 3030295
Dépôt légal 1re publication : octobre 2018
LIBRAIRIE GÉNÉRALE FRANÇAISE
21, rue du Montparnasse - 75298 Paris Cedex 06

58/2176/8